DATE DUE

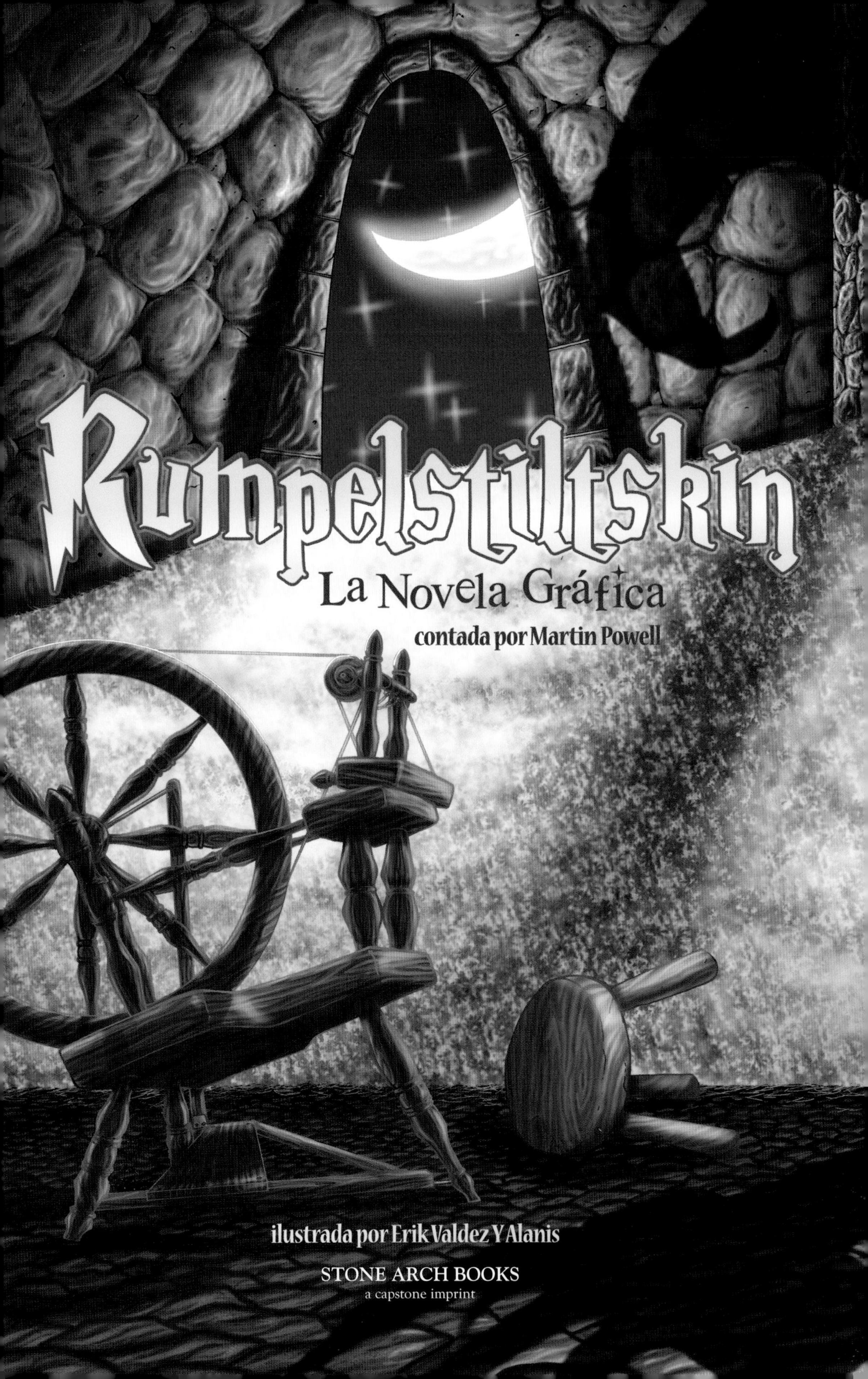

Rumpelstiltskin

La Novela Gráfica

contada por Martin Powell

ilustrada por Erik Valdez Y Alanis

STONE ARCH BOOKS
a capstone imprint

Graphic Spin es publicado por Stone Arch Books
A Capstone Imprint
151 Good Counsel Drive, P.O. Box 669
Mankato, Minnesota 56002
www.capstonepub.com

Impreso en los Estados Unidos de América Stevens Point, Wisconsin.
092009
005619WZS10

Data Catalogada de esta Publicación esta disponible en el website de la Librería del Congreso.
Library Binding: 978-1-4342-1904-6
Paperback: 978-1-4342-2273-2

Resumen: Para pagar las deudas de su padre, Mirabella promete al rey que hilará oro de la paja. Un
duende malvado acepta ayudarla a cambio de algo. Ahora, Mirabella debe pagar una deuda aún
mayor, a menos que logre adivinar el nombre de la terrible criatura.

Dirección artística: Heather Kindseth
Diseño gráfico: Kay Fraser
Producción: Michelle Biedscheid
Traducción : María Luisa Feely bajo la dirección de Redactores en Red

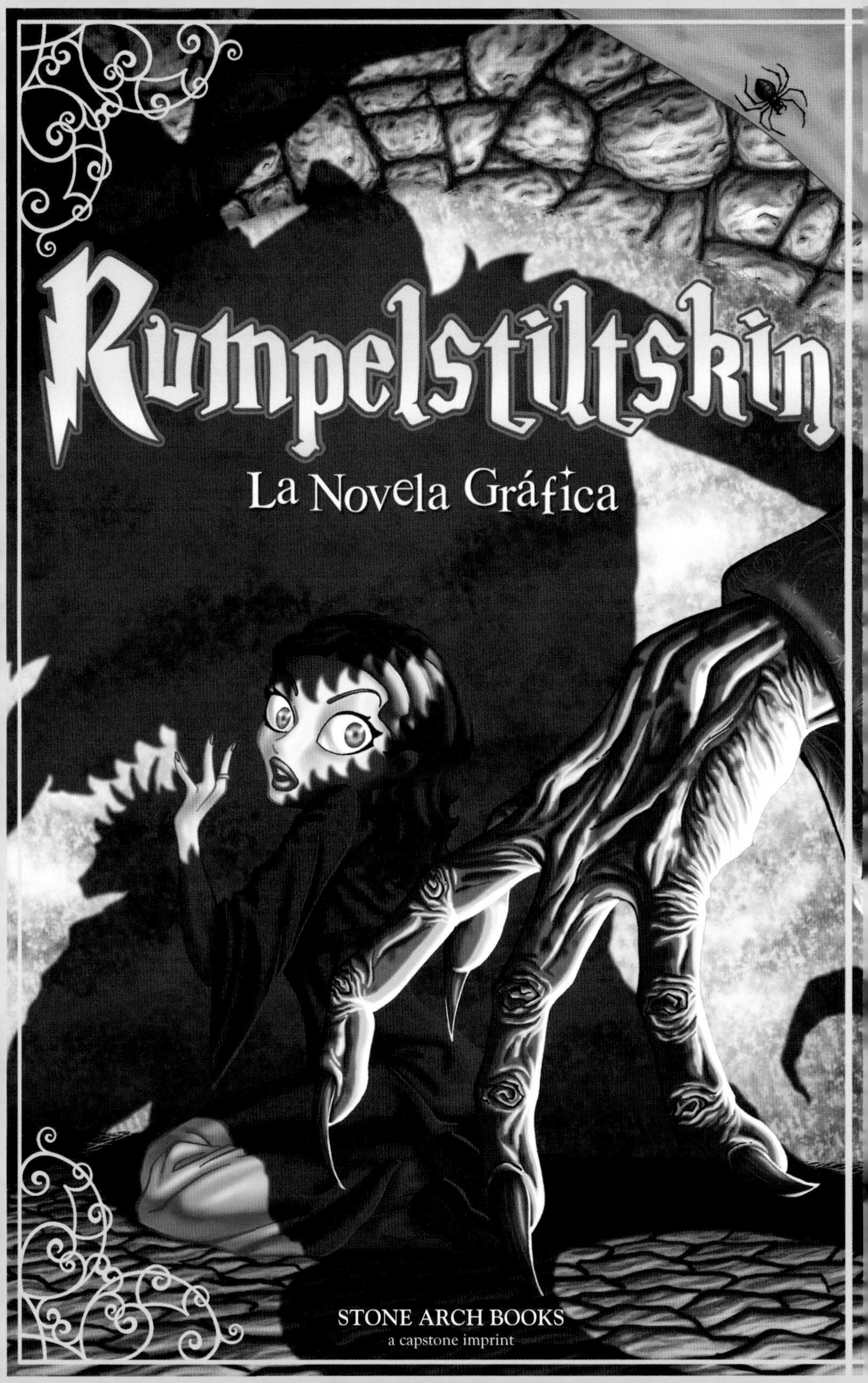
Rumpelstiltskin
La Novela Gráfica
STONE ARCH BOOKS
a capstone imprint

PERSONAJES

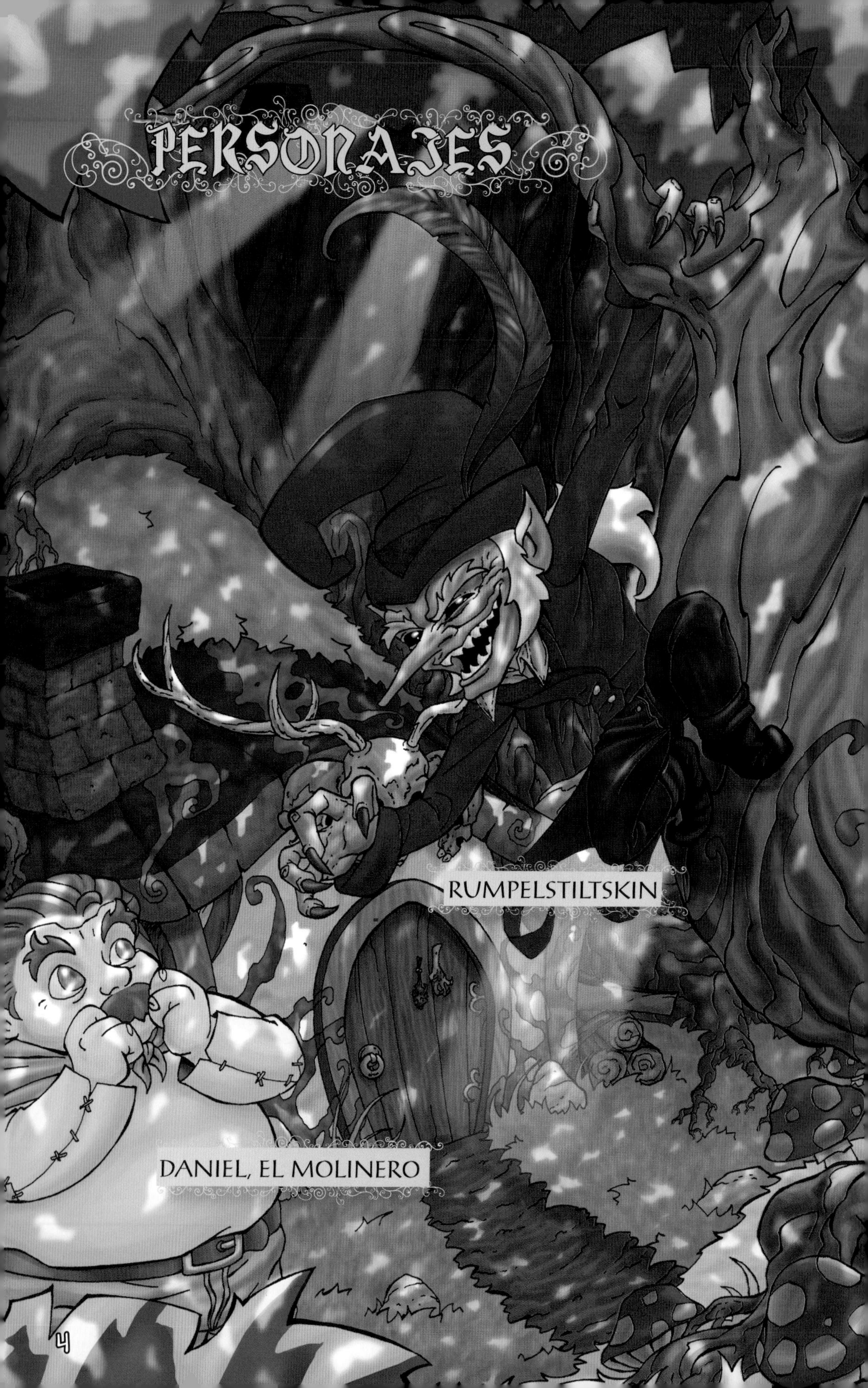
RUMPELSTILTSKIN
DANIEL, EL MOLINERO

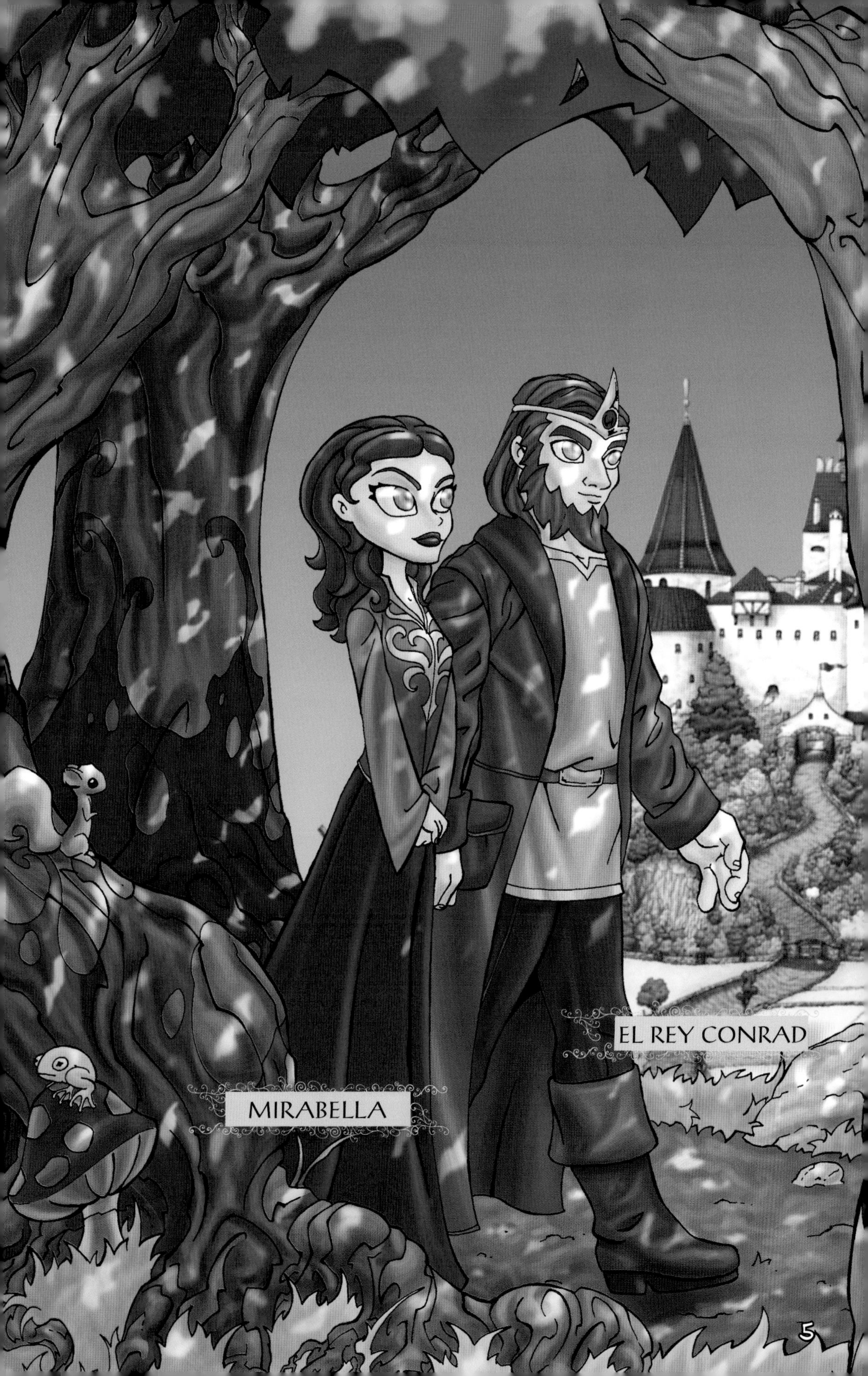
EL REY CONRAD
MIRABELLA

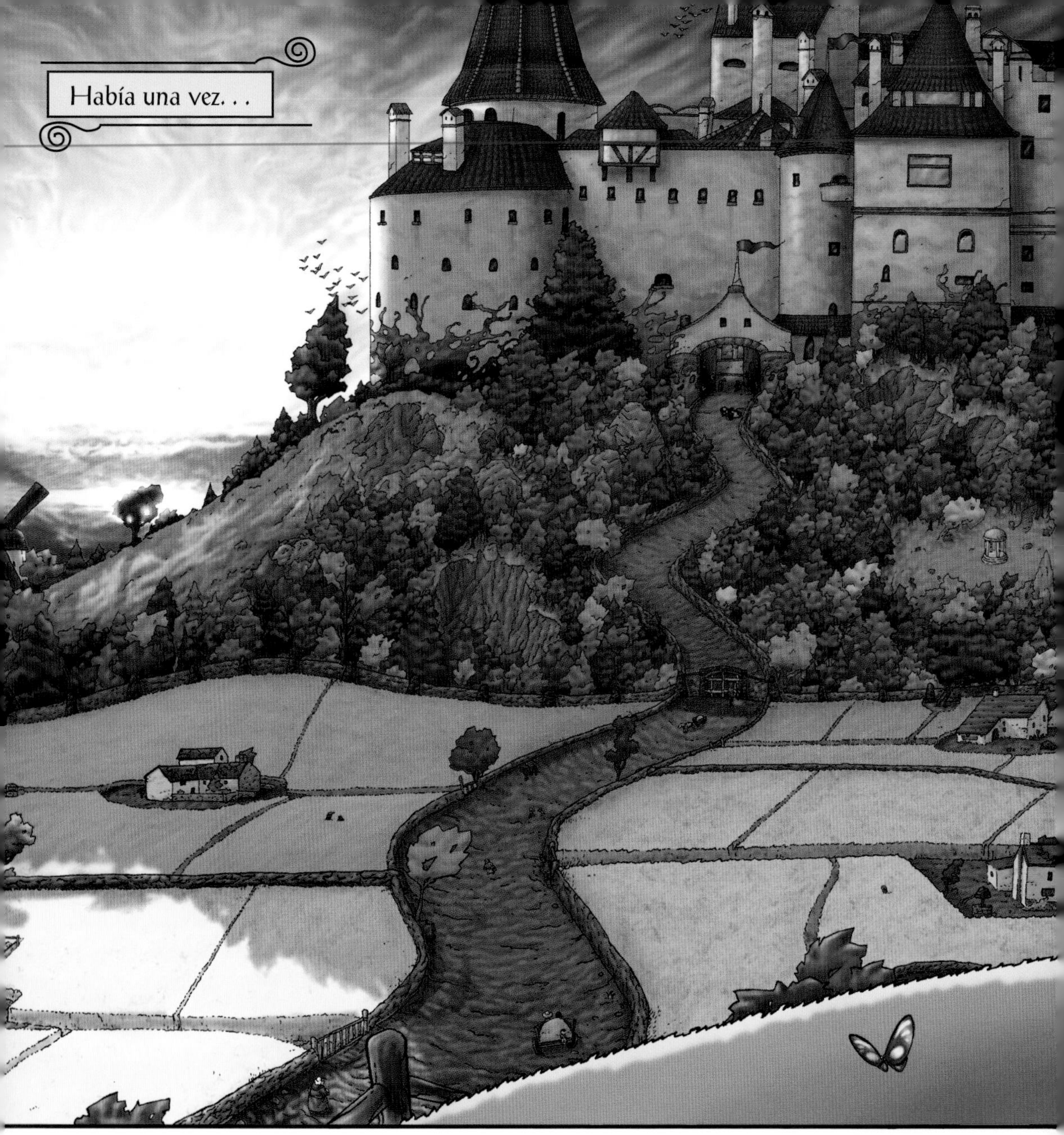
Había una vez. . .

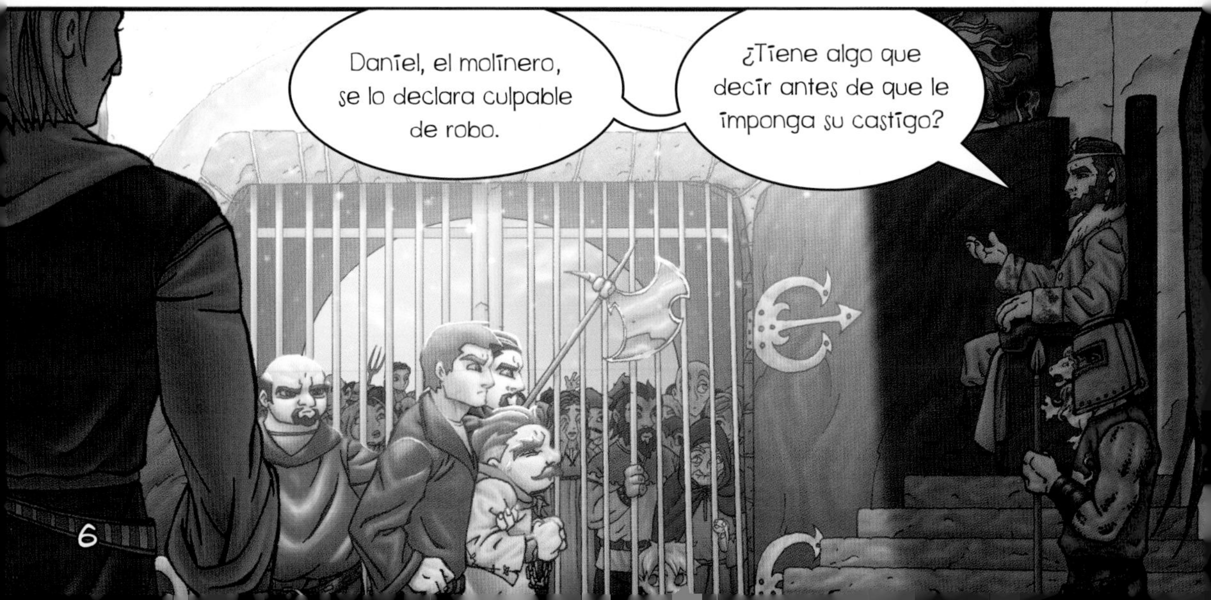
Daniel, el molinero, se lo declara culpable de robo.
¿Tiene algo que decir antes de que le imponga su castigo?

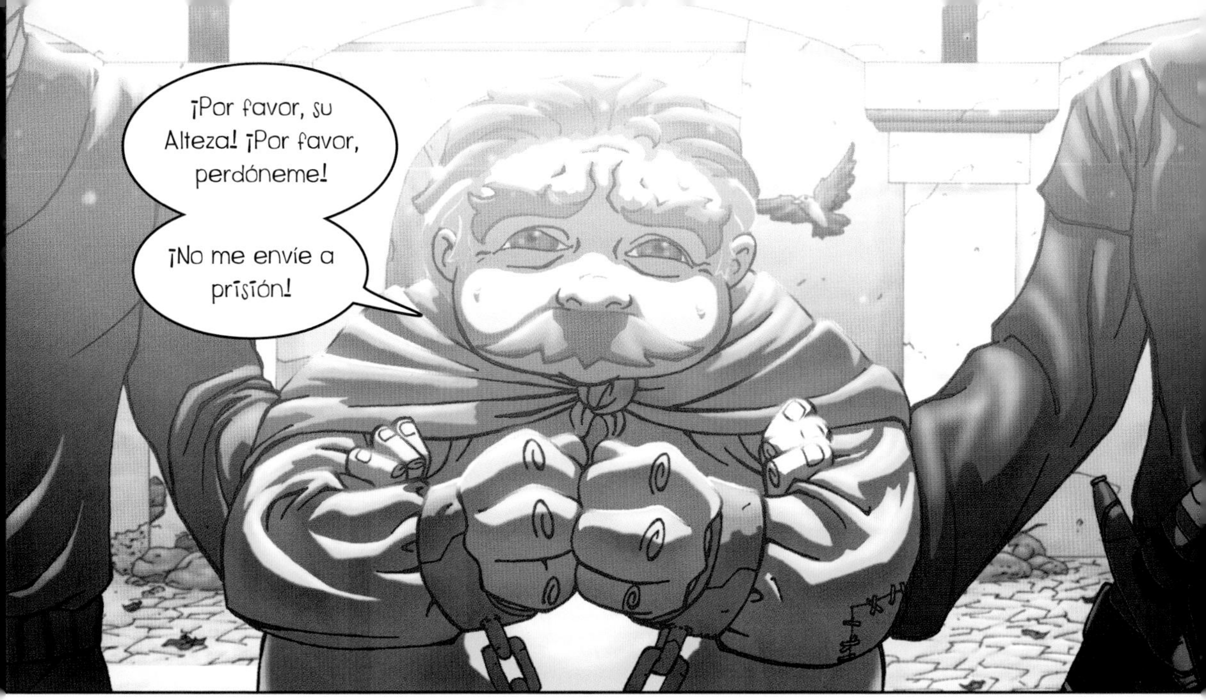
¡Por favor, su Alteza! ¡Por favor, perdóneme!
¡No me envíe a prisión!

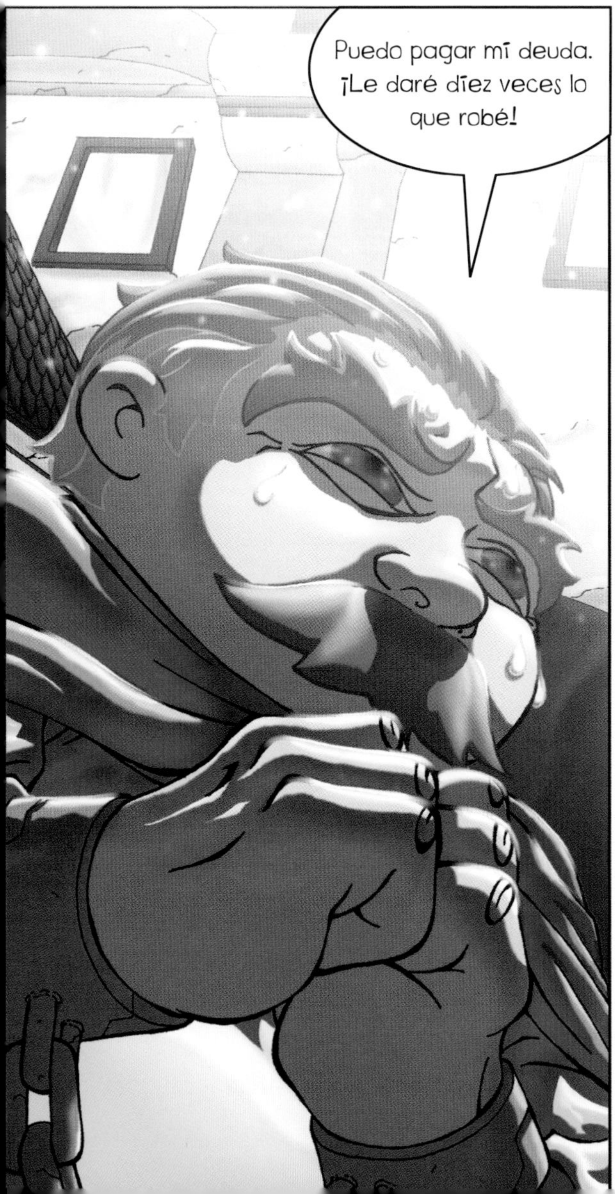
Puedo pagar mi deuda. ¡Le daré diez veces lo que robé!

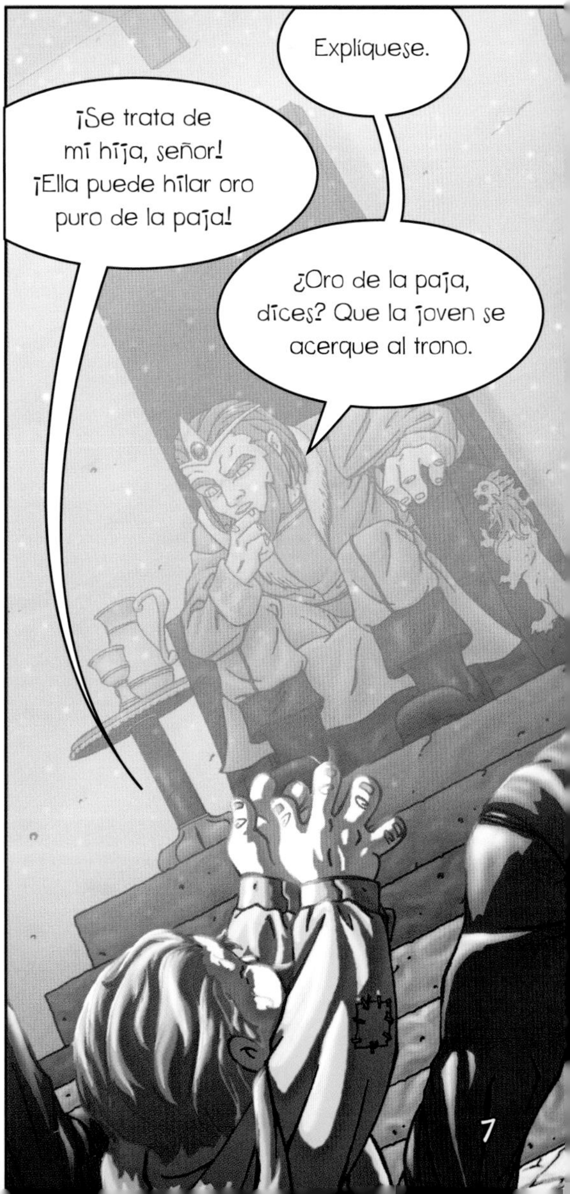
Explíquese.
¡Se trata de mi hija, señor! ¡Ella puede hilar oro puro de la paja!
¿Oro de la paja, dices? Que la joven se acerque al trono.

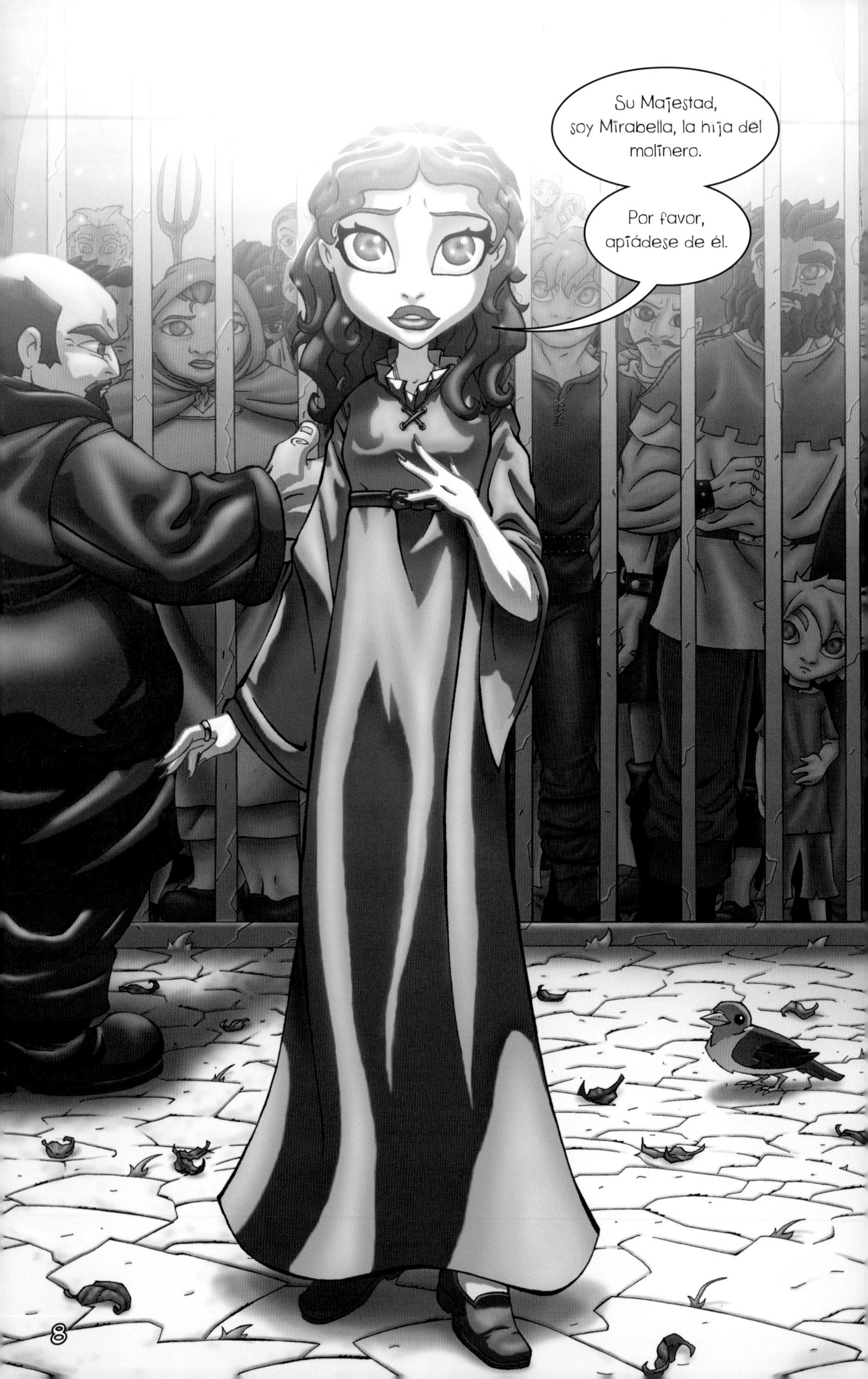
Su Majestad, soy Mirabella, la hija del molinero.
Por favor, apiádese de él.

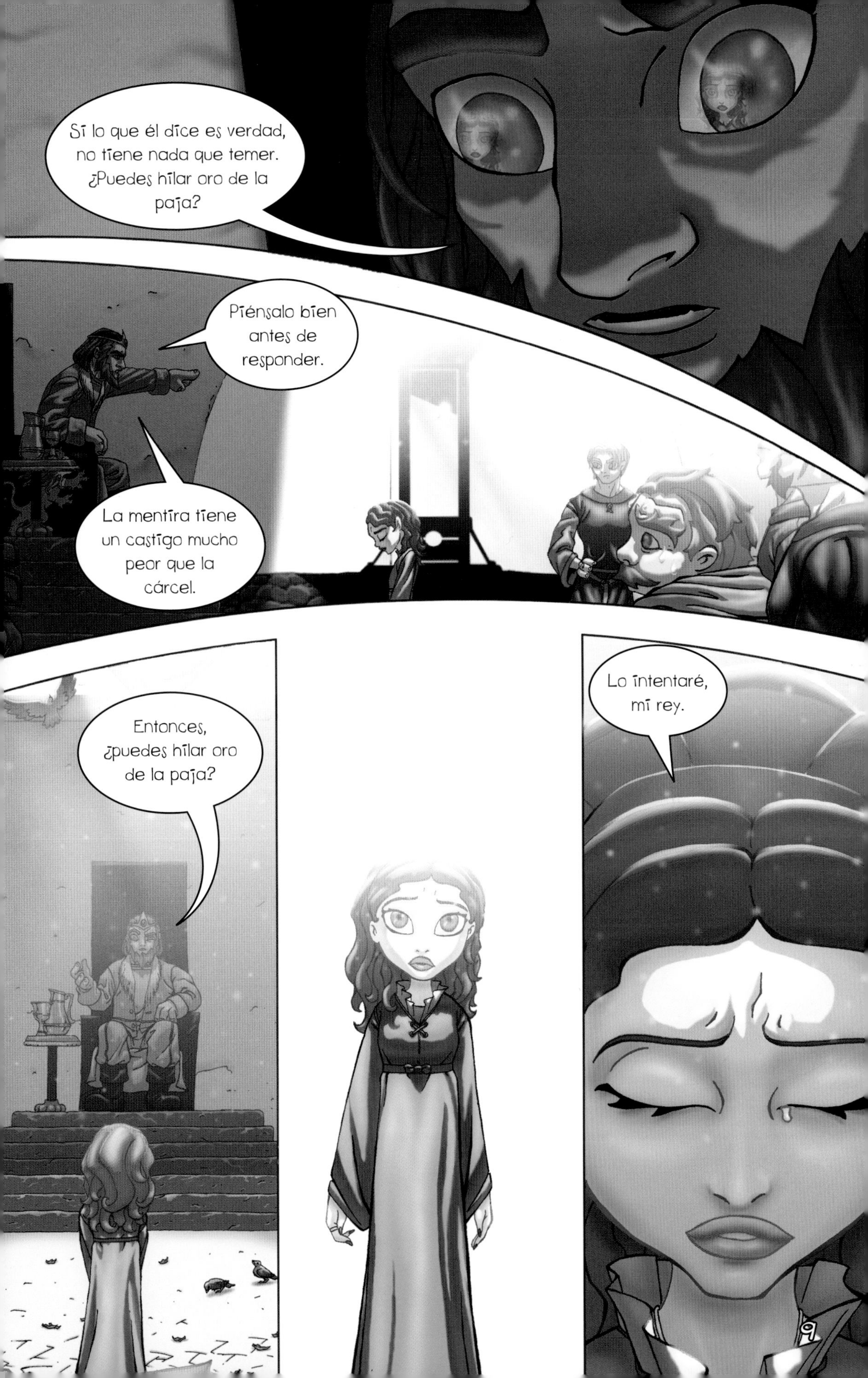
Sí lo que él dice es verdad, no tiene nada que temer. ¿Puedes hilar oro de la paja?
Piénsalo bien antes de responder.
La mentira tiene un castigo mucho peor que la cárcel.
Entonces, ¿puedes hilar oro de la paja?
Lo intentaré, mi rey.
9

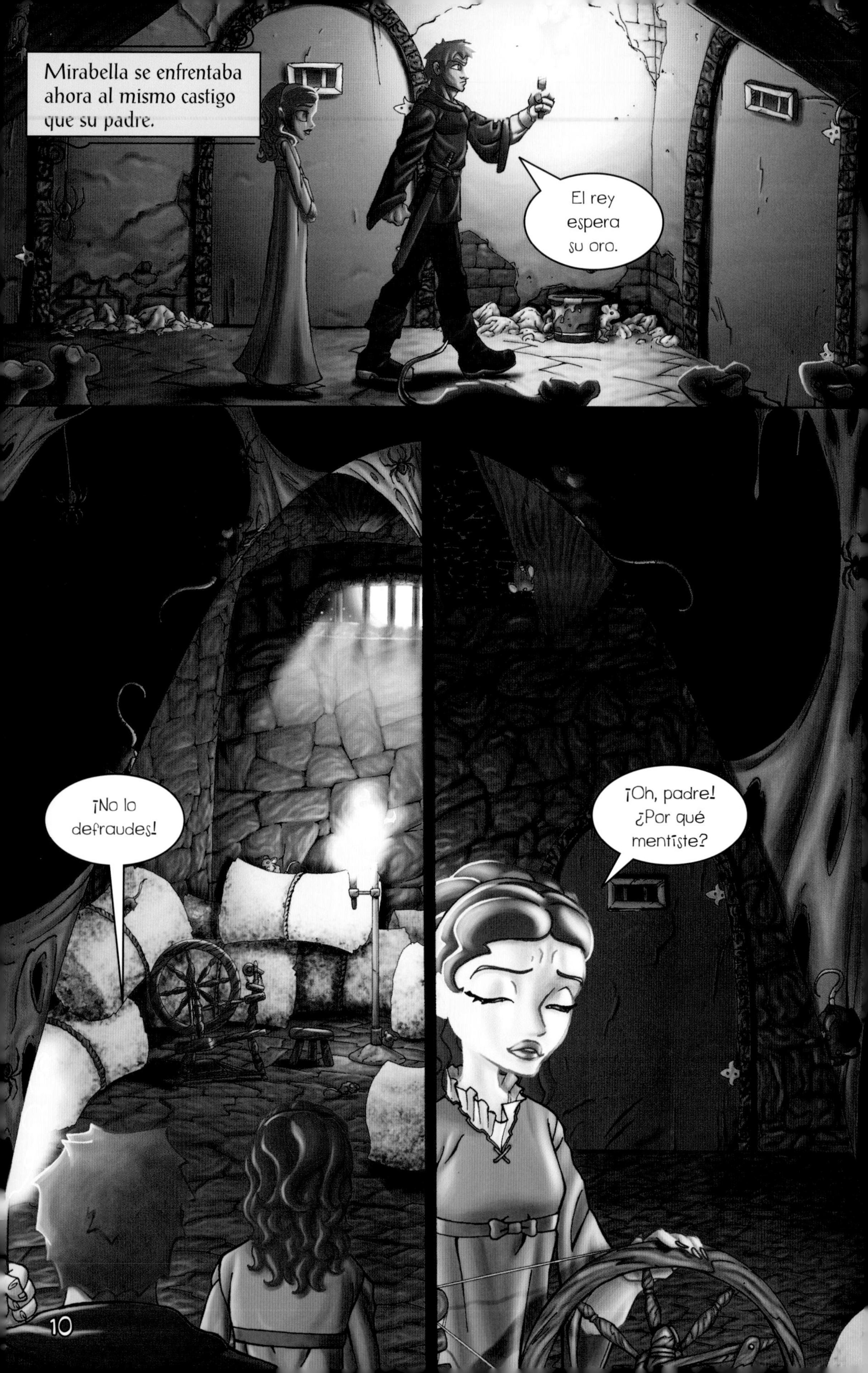

Mirabella se enfrentaba ahora al mismo castigo que su padre.
El rey espera su oro.
¡No lo defraudes!
¡Oh, padre! ¿Por qué mentiste?

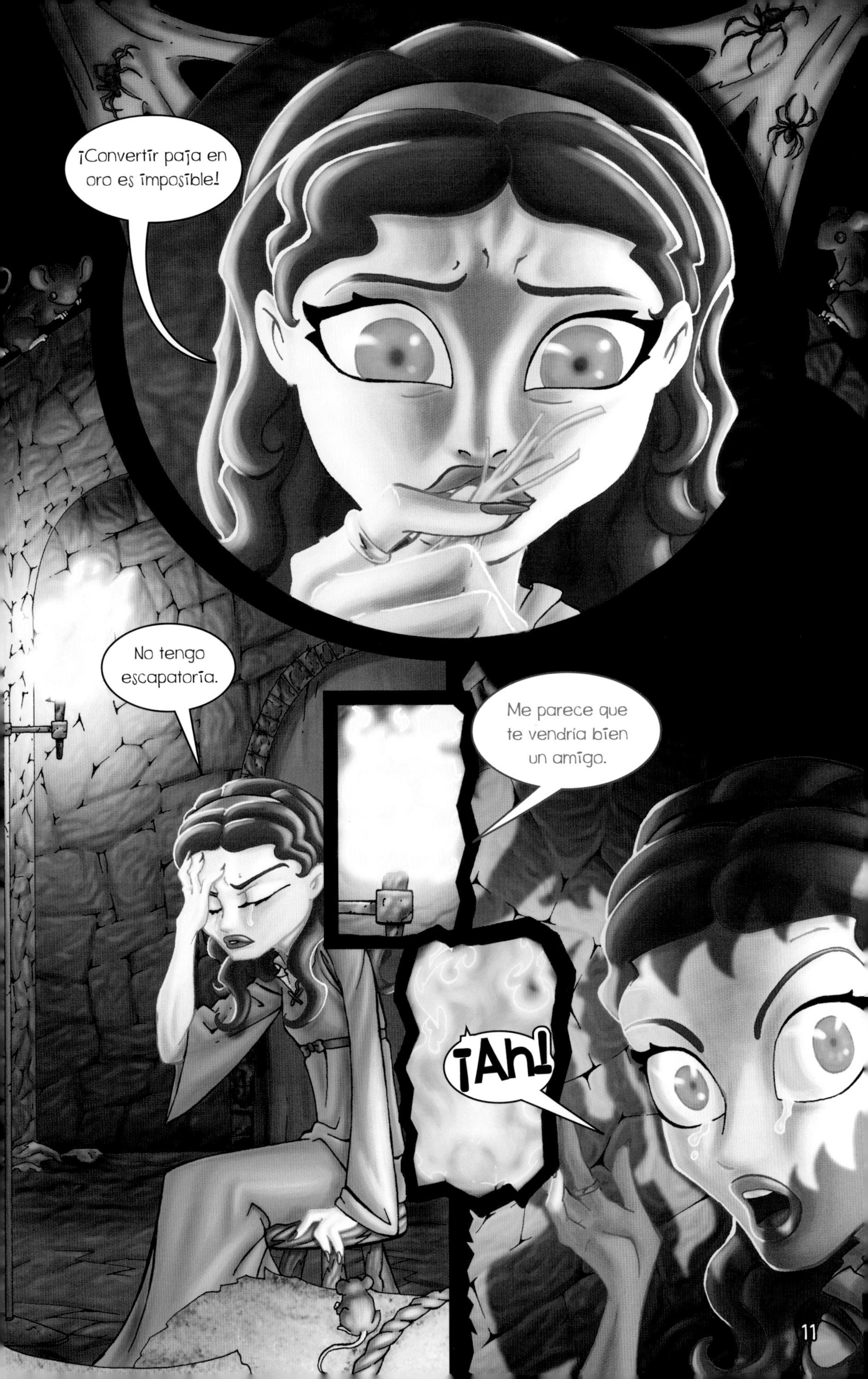
¡Convertir paja en oro es imposible!
No tengo escapatoria.
Me parece que te vendría bien un amigo.
¡Ah!

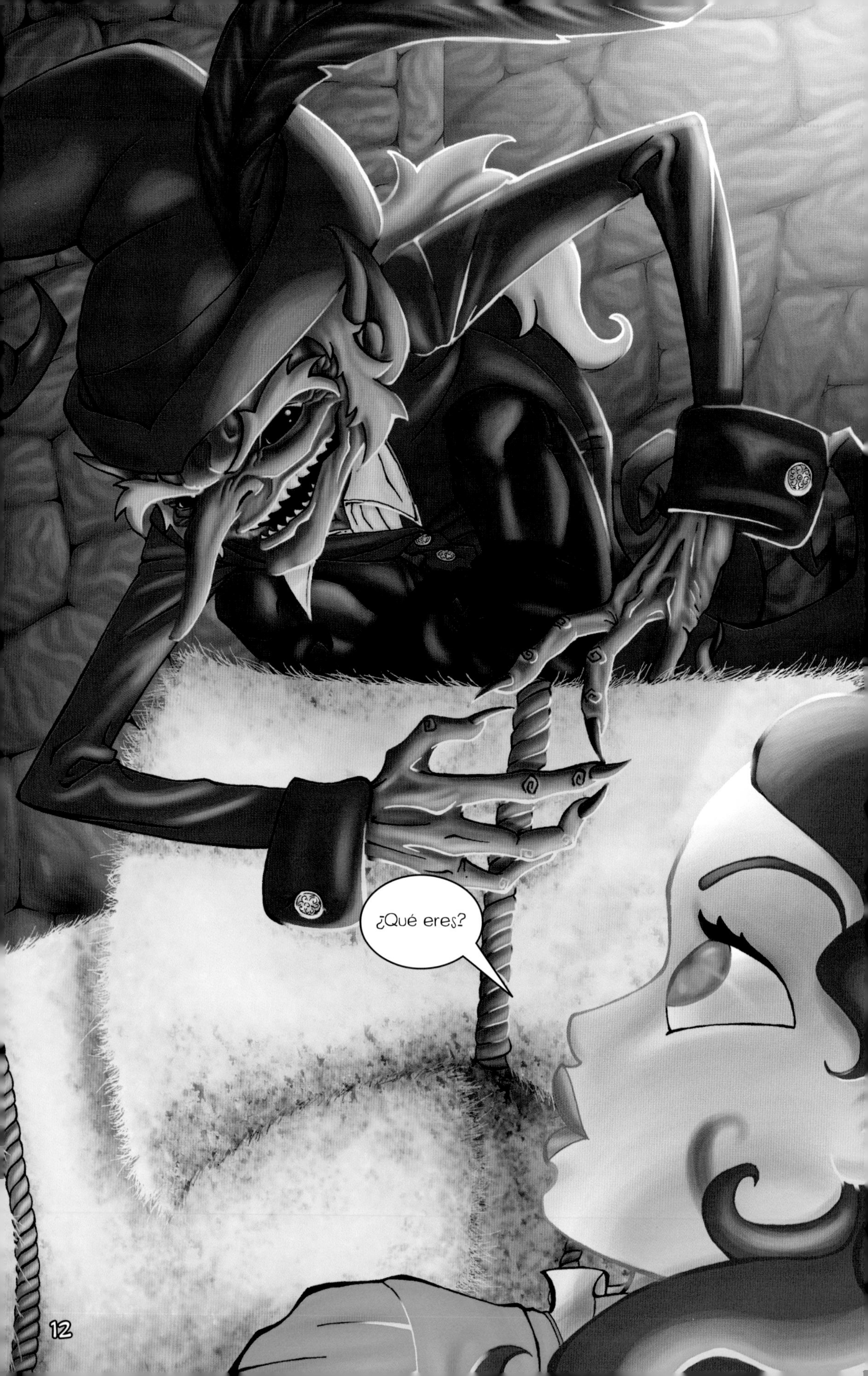
¿Qué eres?

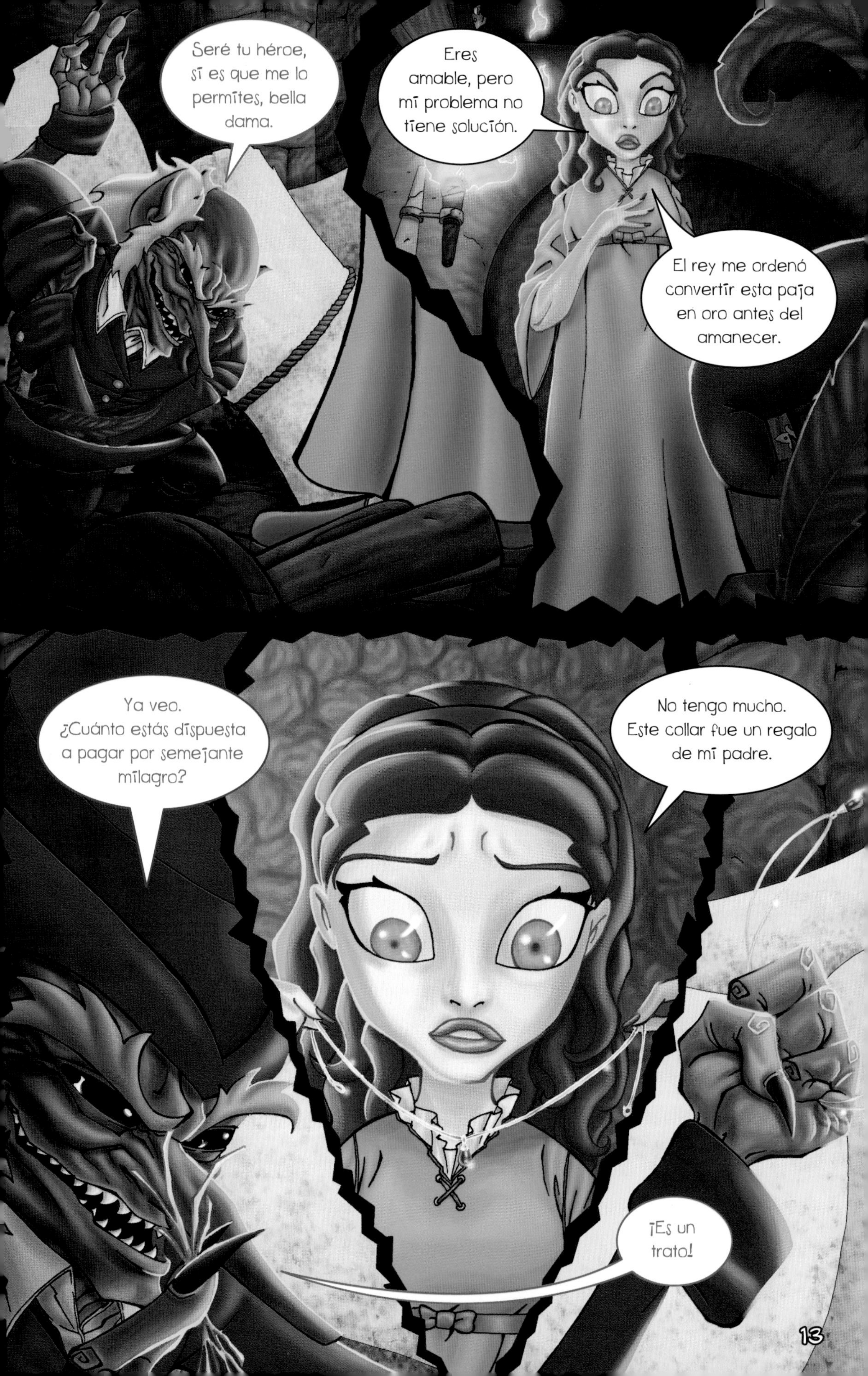
Seré tu héroe, si es que me lo permites, bella dama.
Eres amable, pero mi problema no tiene solución.
El rey me ordenó convertir esta paja en oro antes del amanecer.
Ya veo. ¿Cuánto estás dispuesta a pagar por semejante milagro?
No tengo mucho. Este collar fue un regalo de mi padre.
¡Es un trato!

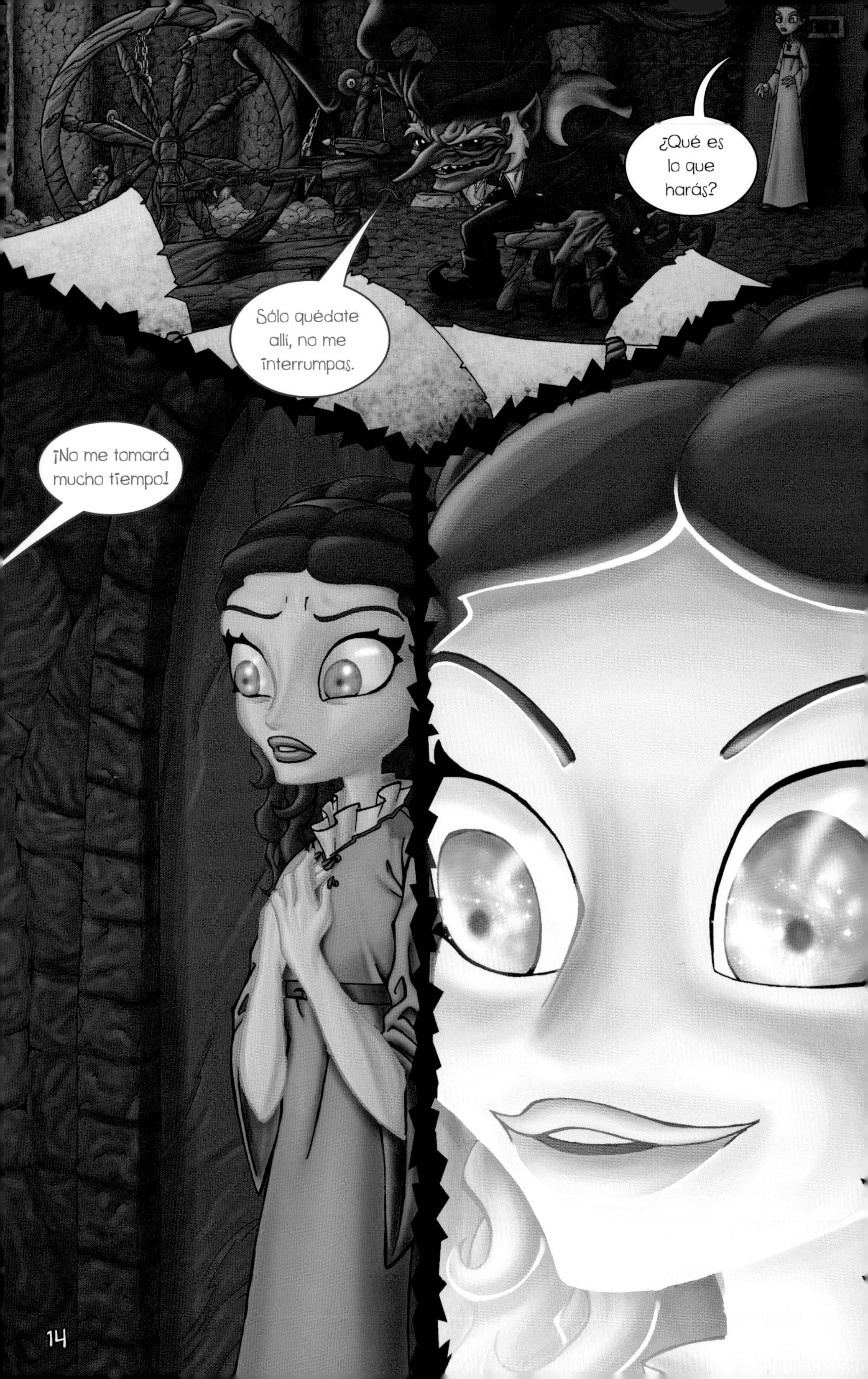
¿Qué es lo que harás?
Sólo quédate allí, no me interrumpas.
¡No me tomará mucho tiempo!

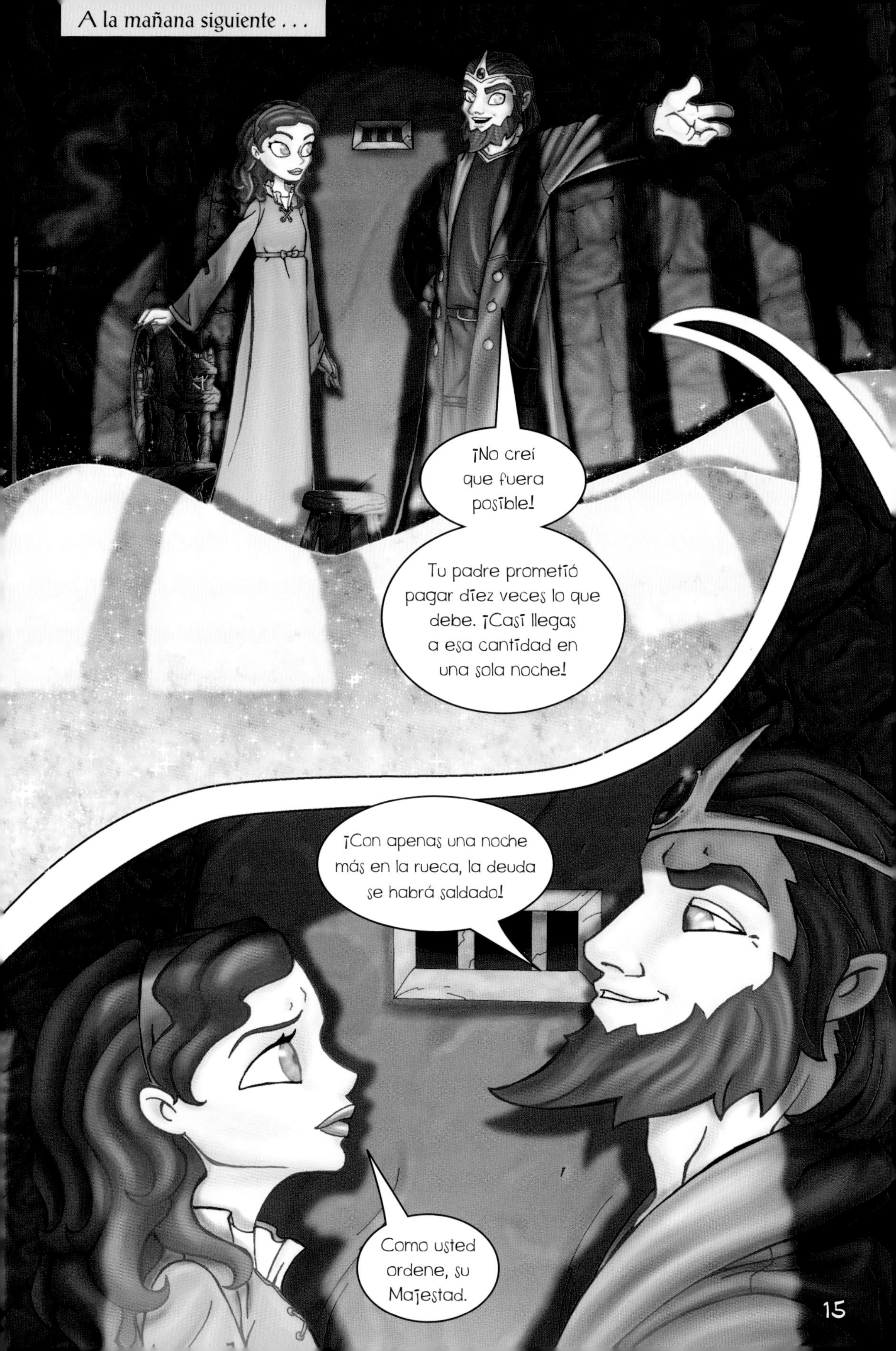
A la mañana siguiente . . .
¡No creí que fuera posible!
Tu padre prometió pagar diez veces lo que debe. ¡Casi llegas a esa cantidad en una sola noche!
¡Con apenas una noche más en la rueca, la deuda se habrá saldado!
Como usted ordene, su Majestad.

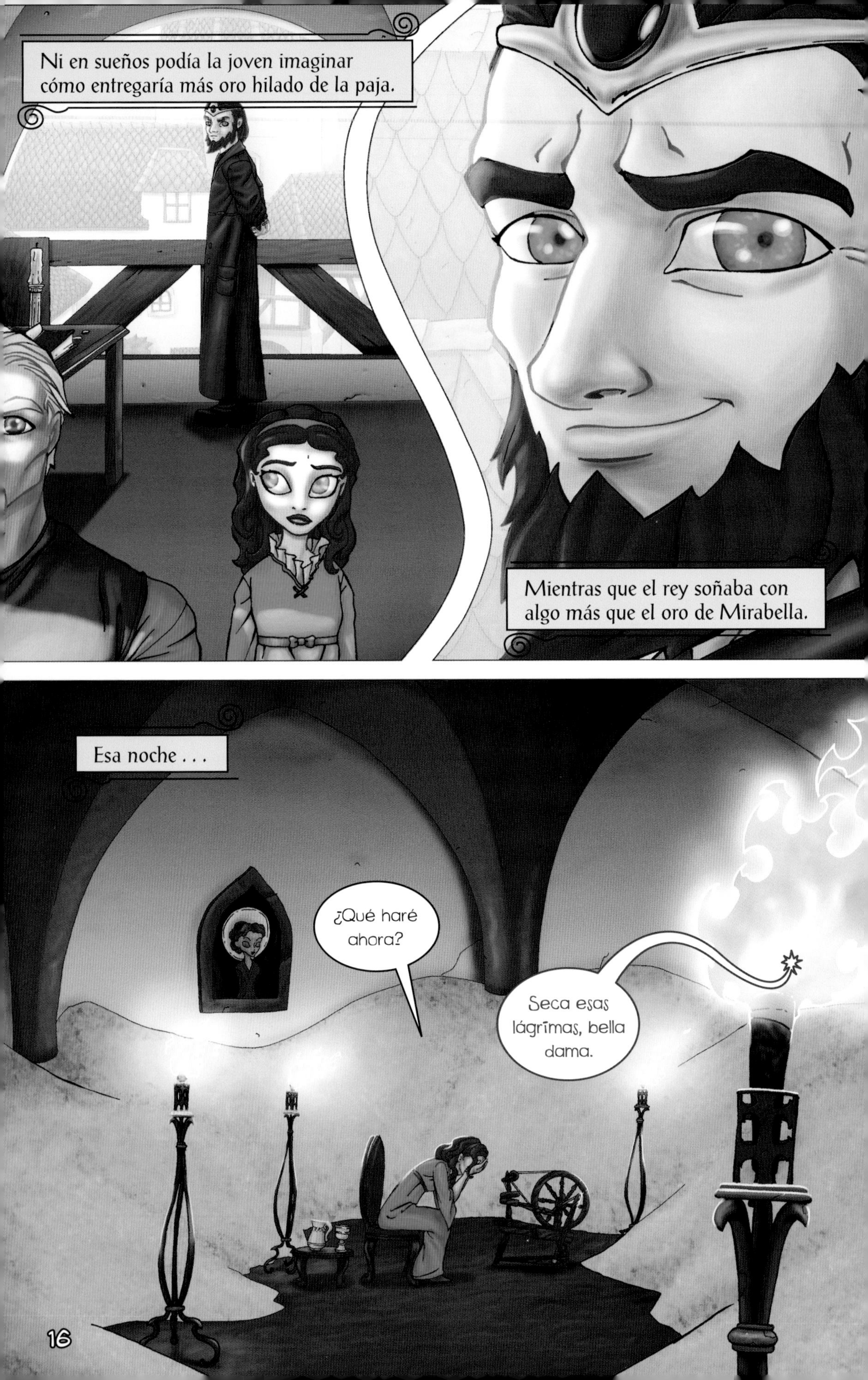
Ni en sueños podía la joven imaginar cómo entregaría más oro hilado de la paja.
Mientras que el rey soñaba con algo más que el oro de Mirabella.
Esa noche . . .
¿Qué haré ahora?
Seca esas lágrimas, bella dama.

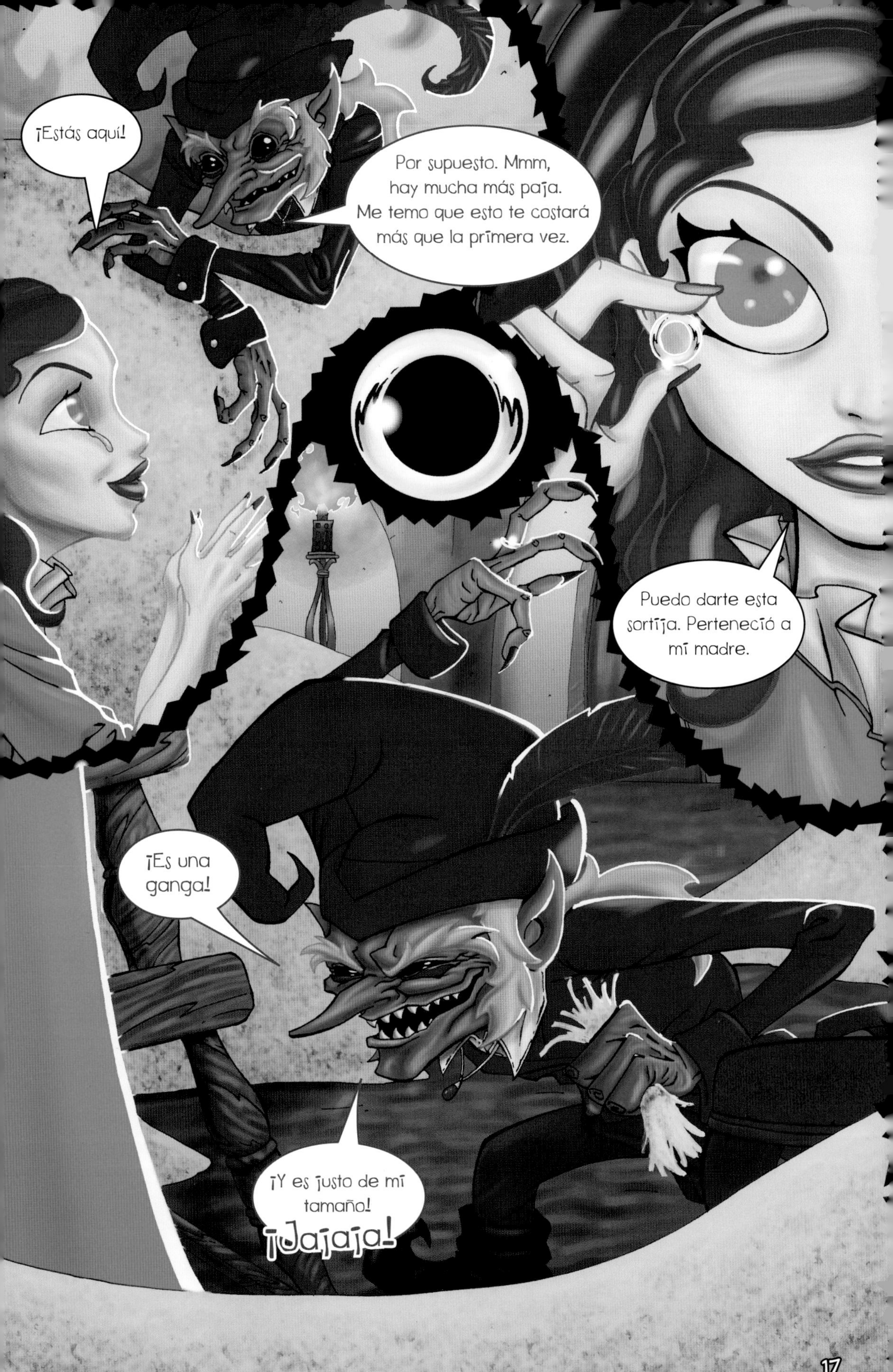
¡Estás aquí!
Por supuesto. Mmm, hay mucha más paja. Me temo que esto te costará más que la primera vez.
Puedo darte esta sortija. Perteneció a mi madre.
¡Es una ganga!
¡Y es justo de mi tamaño!
¡Jajaja!

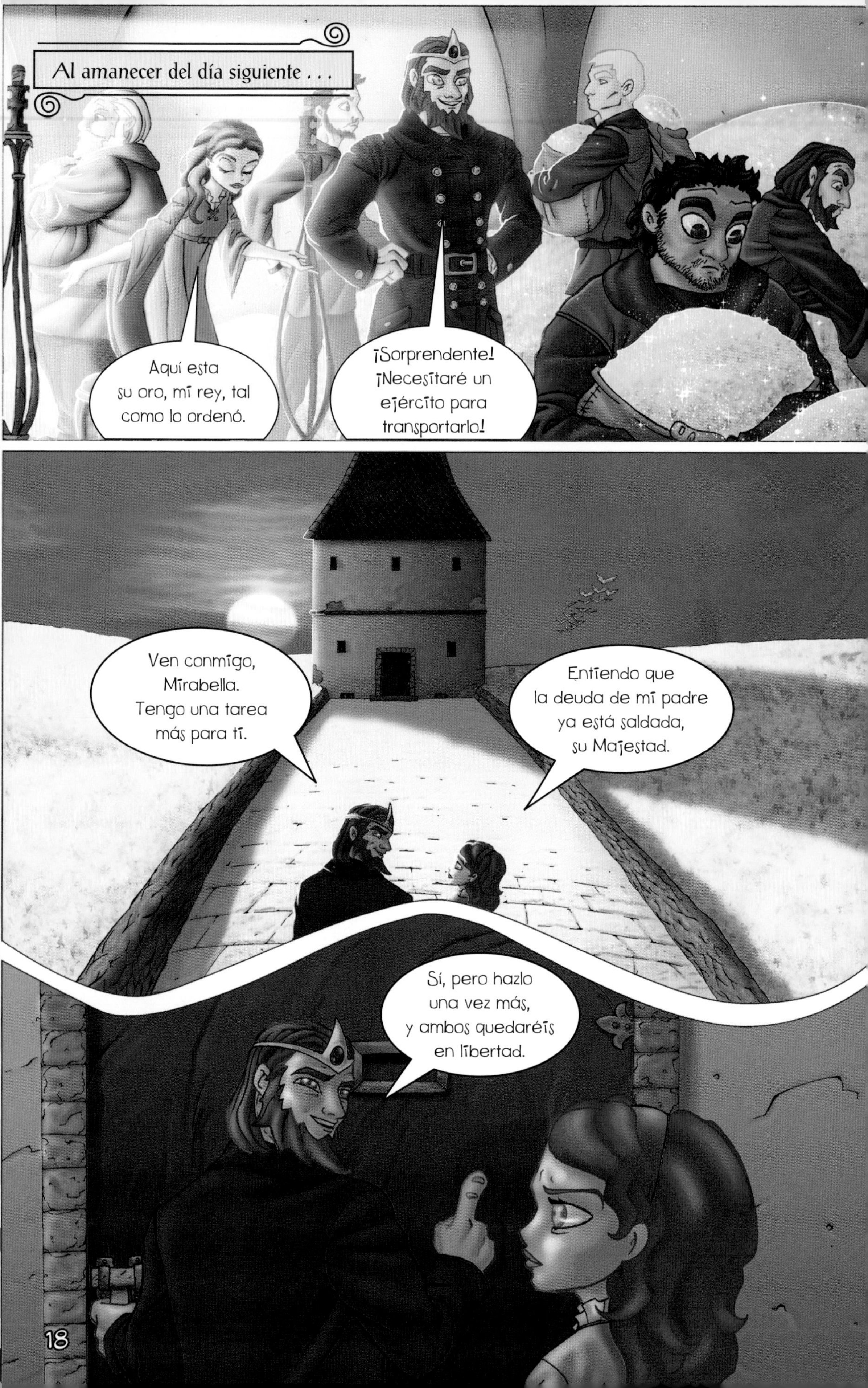
Al amanecer del día siguiente . . .
Aquí esta su oro, mi rey, tal como lo ordenó.
¡Sorprendente! ¡Necesitaré un ejército para transportarlo!
Ven conmigo, Mirabella. Tengo una tarea más para ti.
Entiendo que la deuda de mi padre ya está saldada, su Majestad.
Sí, pero hazlo una vez más, y ambos quedaréis en libertad.

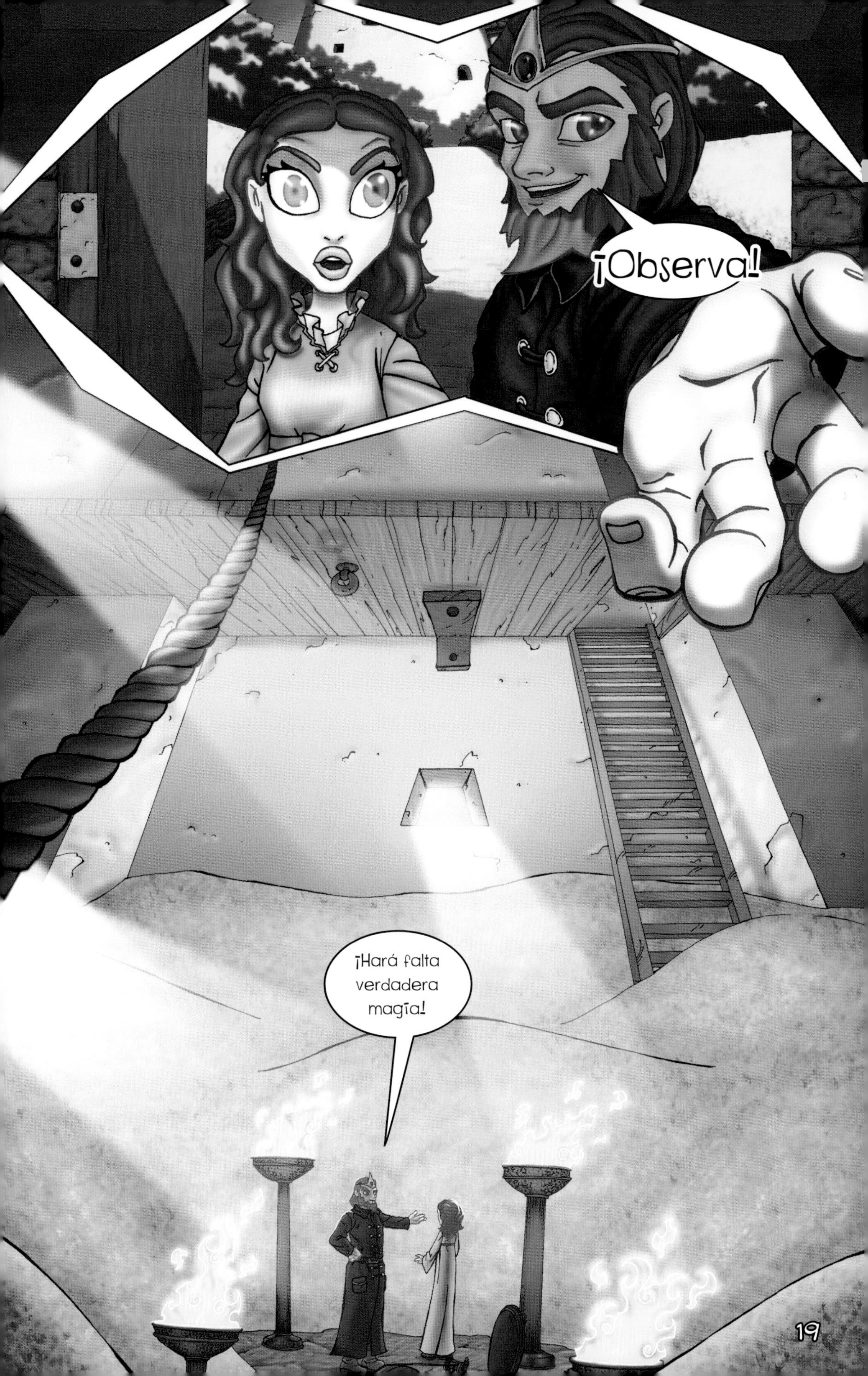
¡Observa!
¡Hará falta verdadera magia!

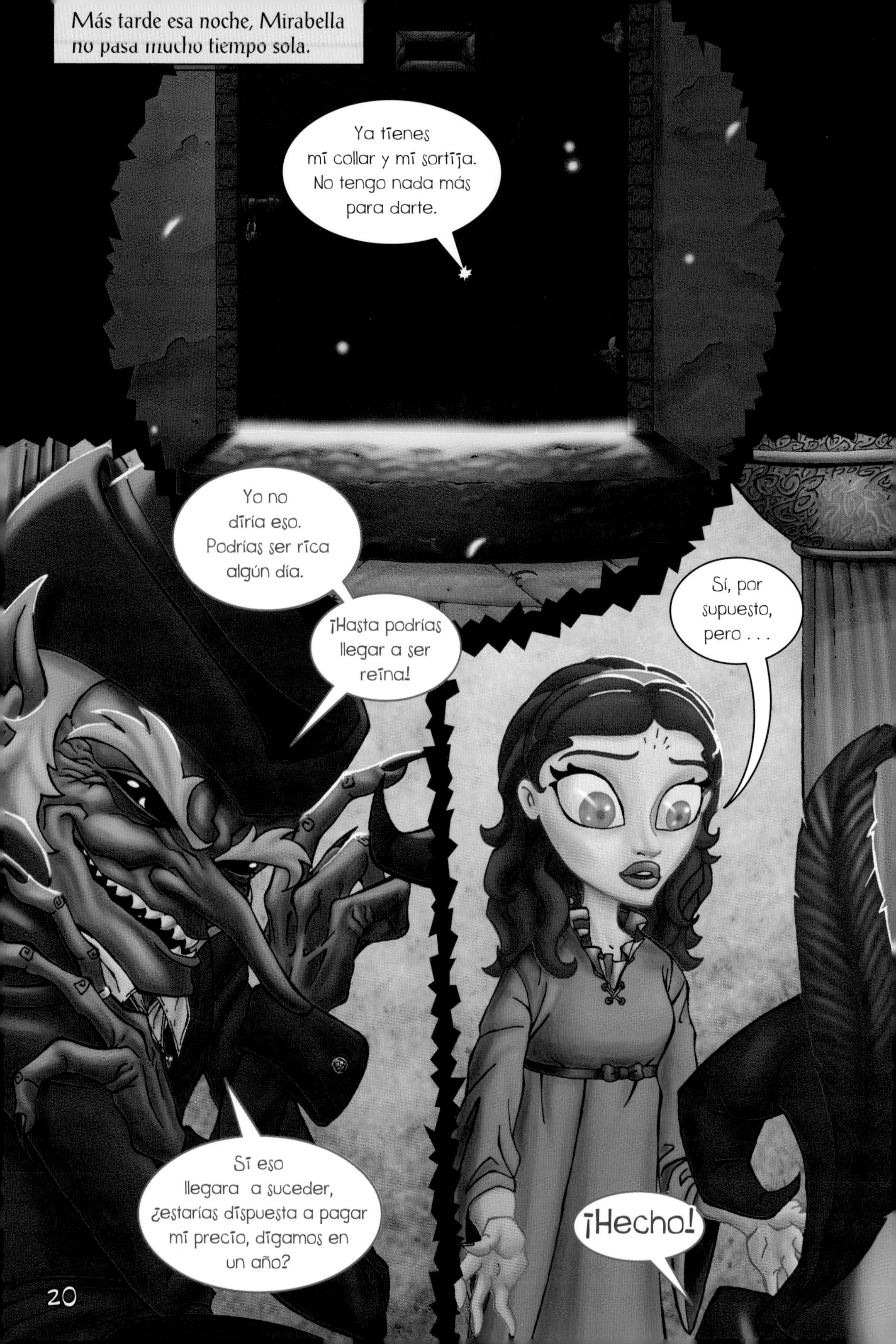

Más tarde esa noche, Mirabella no pasa mucho tiempo sola.
Ya tienes mi collar y mi sortija. No tengo nada más para darte.
Yo no diría eso. Podrías ser rica algún día.
¡Hasta podrías llegar a ser reina!
Sí, por supuesto, pero . . .
Si eso llegara a suceder, ¿estarías dispuesta a pagar mi precio, digamos en un año?
¡Hecho!

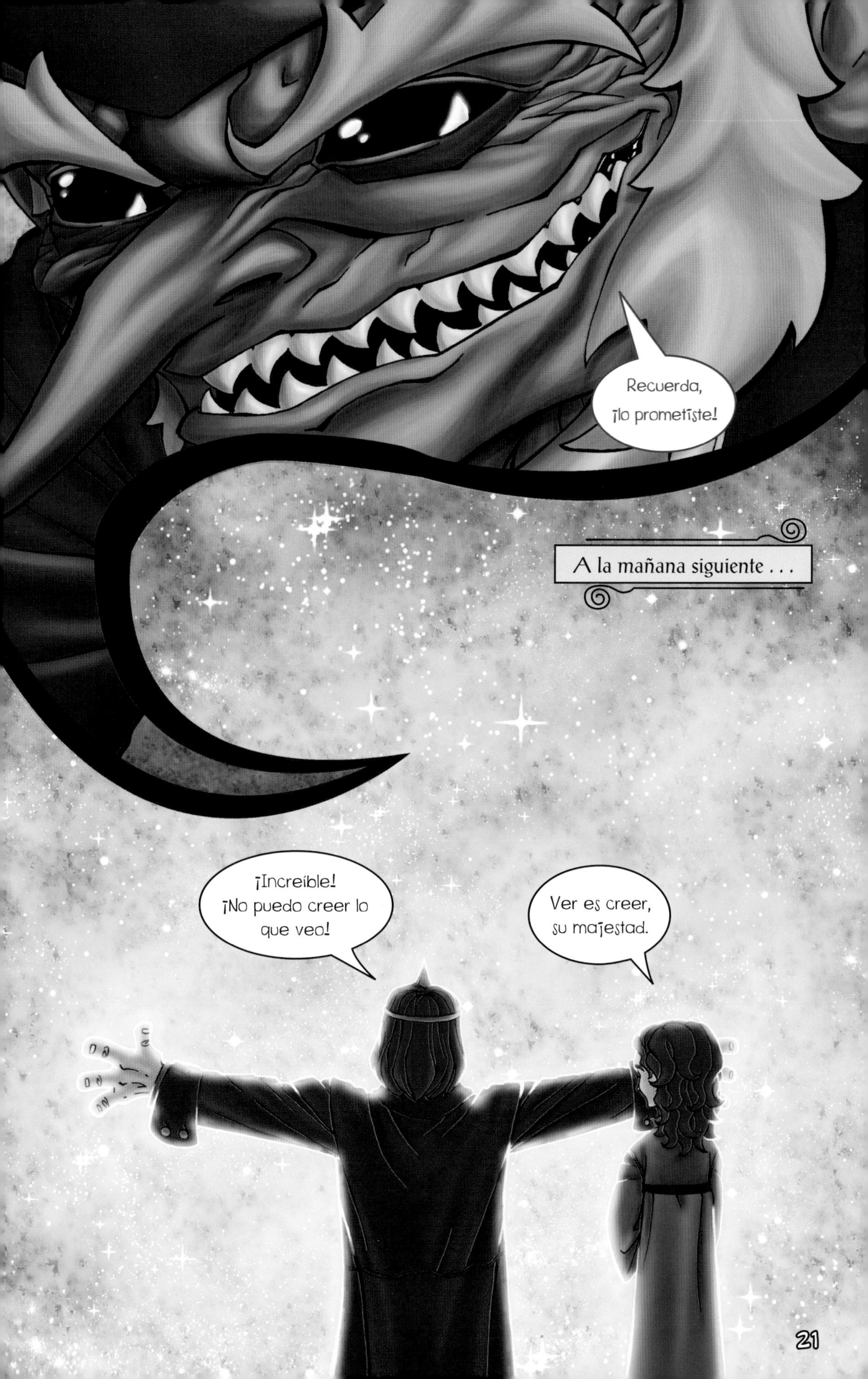
Recuerda,
¡lo prometiste!
A la mañana siguiente . . .
¡Increíble!
¡No puedo creer lo que veo!
Ver es creer,
su majestad.

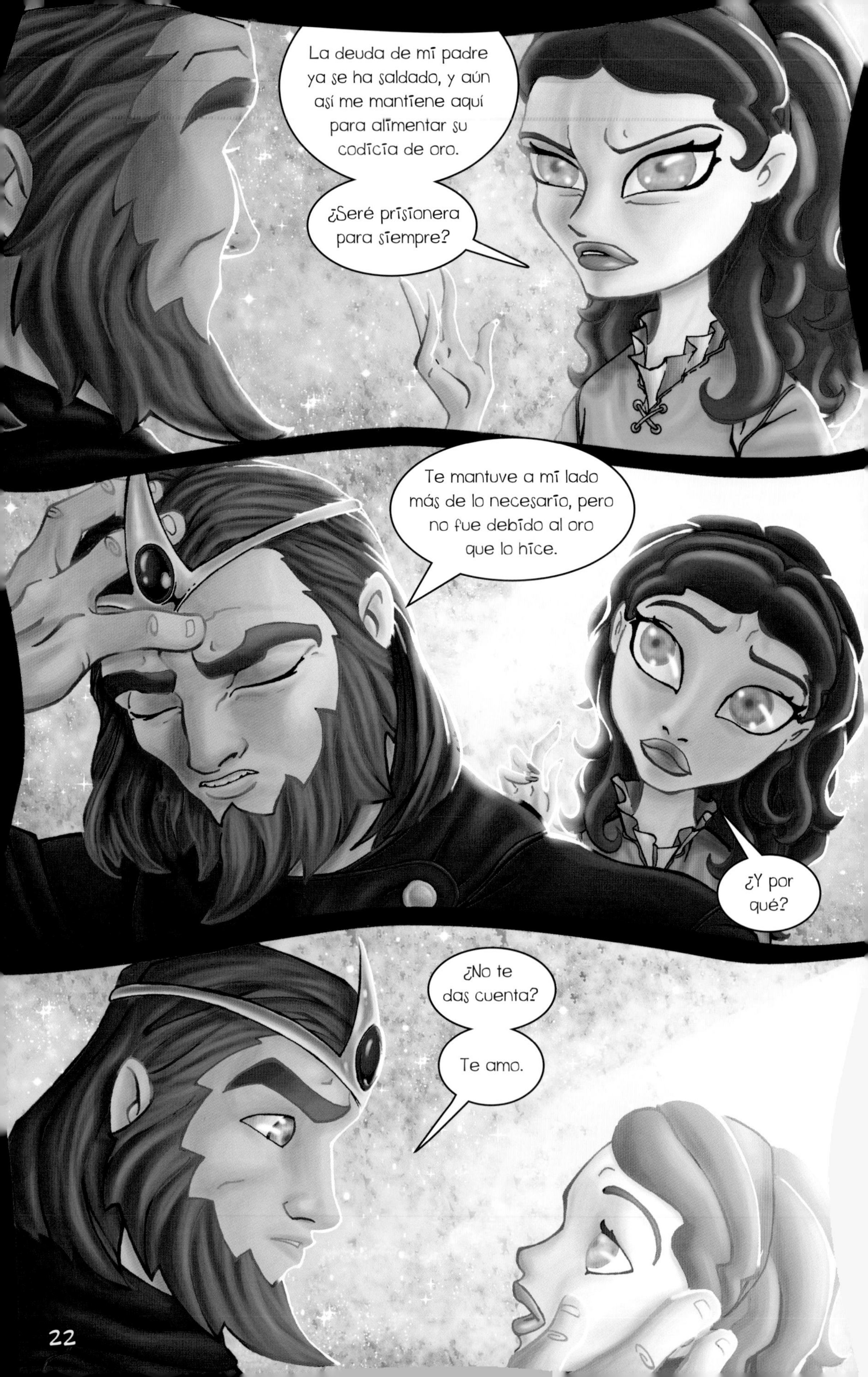
La deuda de mi padre ya se ha saldado, y aún así me mantiene aquí para alimentar su codicia de oro.
¿Seré prisionera para siempre?
Te mantuve a mi lado más de lo necesario, pero no fue debido al oro que lo hice.
¿Y por qué?
¿No te das cuenta?
Te amo.

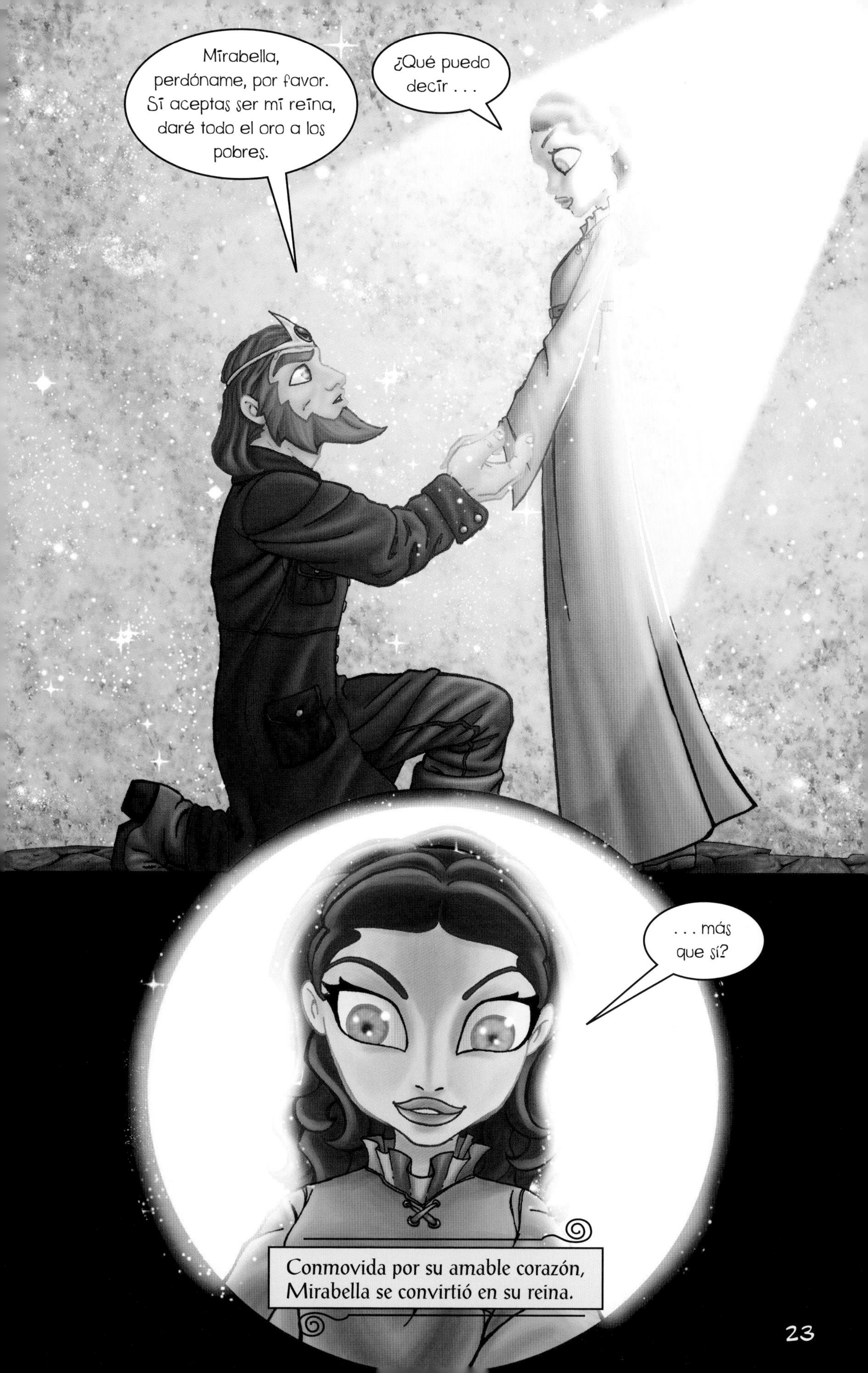
Mirabella, perdóname, por favor. Si aceptas ser mi reina, daré todo el oro a los pobres.
¿Qué puedo decir . . .
. . . más que sí?

Conmovida por su amable corazón,
Mirabella se convirtió en su reina.

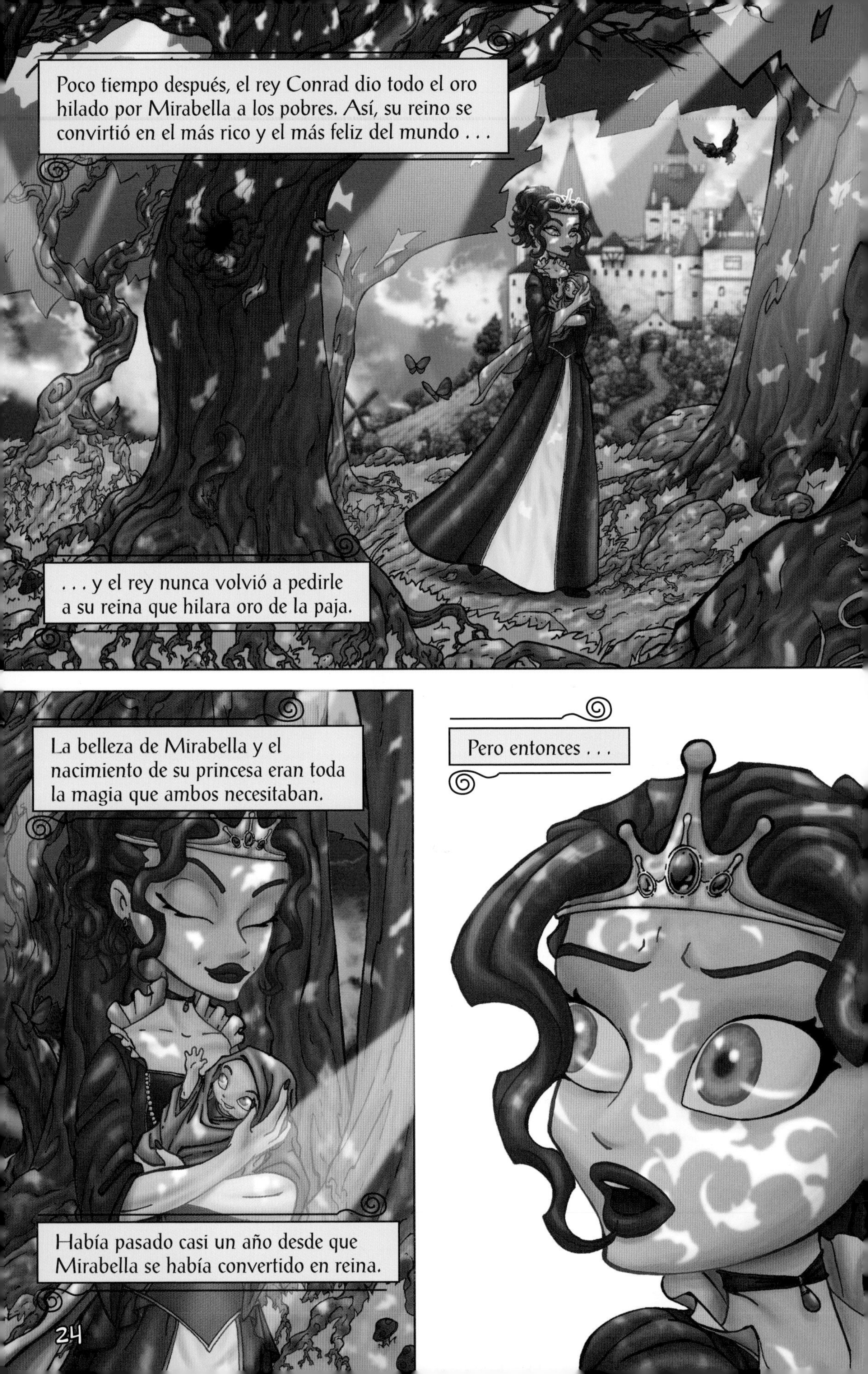
Poco tiempo después, el rey Conrad dio todo el oro hilado por Mirabella a los pobres. Así, su reino se convirtió en el más rico y el más feliz del mundo . . .
. . . y el rey nunca volvió a pedirle a su reina que hilara oro de la paja.
La belleza de Mirabella y el nacimiento de su princesa eran toda la magia que ambos necesitaban.
Había pasado casi un año desde que Mirabella se había convertido en reina.
Pero entonces . . .

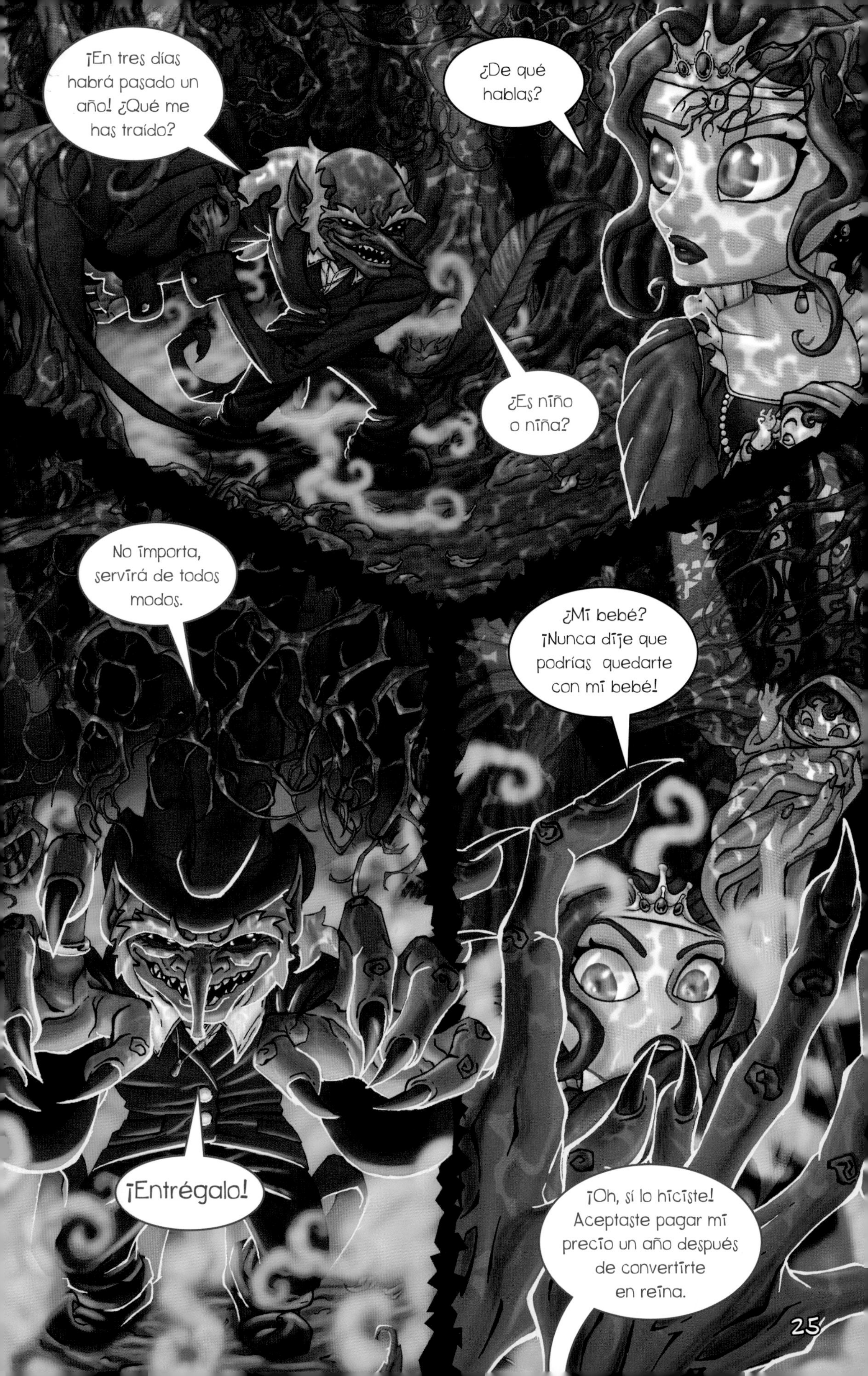

¡En tres días habrá pasado un año! ¿Qué me has traído?
¿De qué hablas?
¿Es niño o niña?
No importa, servirá de todos modos.
¿Mi bebé? ¡Nunca dije que podrías quedarte con mi bebé!
¡Entrégalo!
¡Oh, sí lo hiciste! Aceptaste pagar mi precio un año después de convertirte en reina.

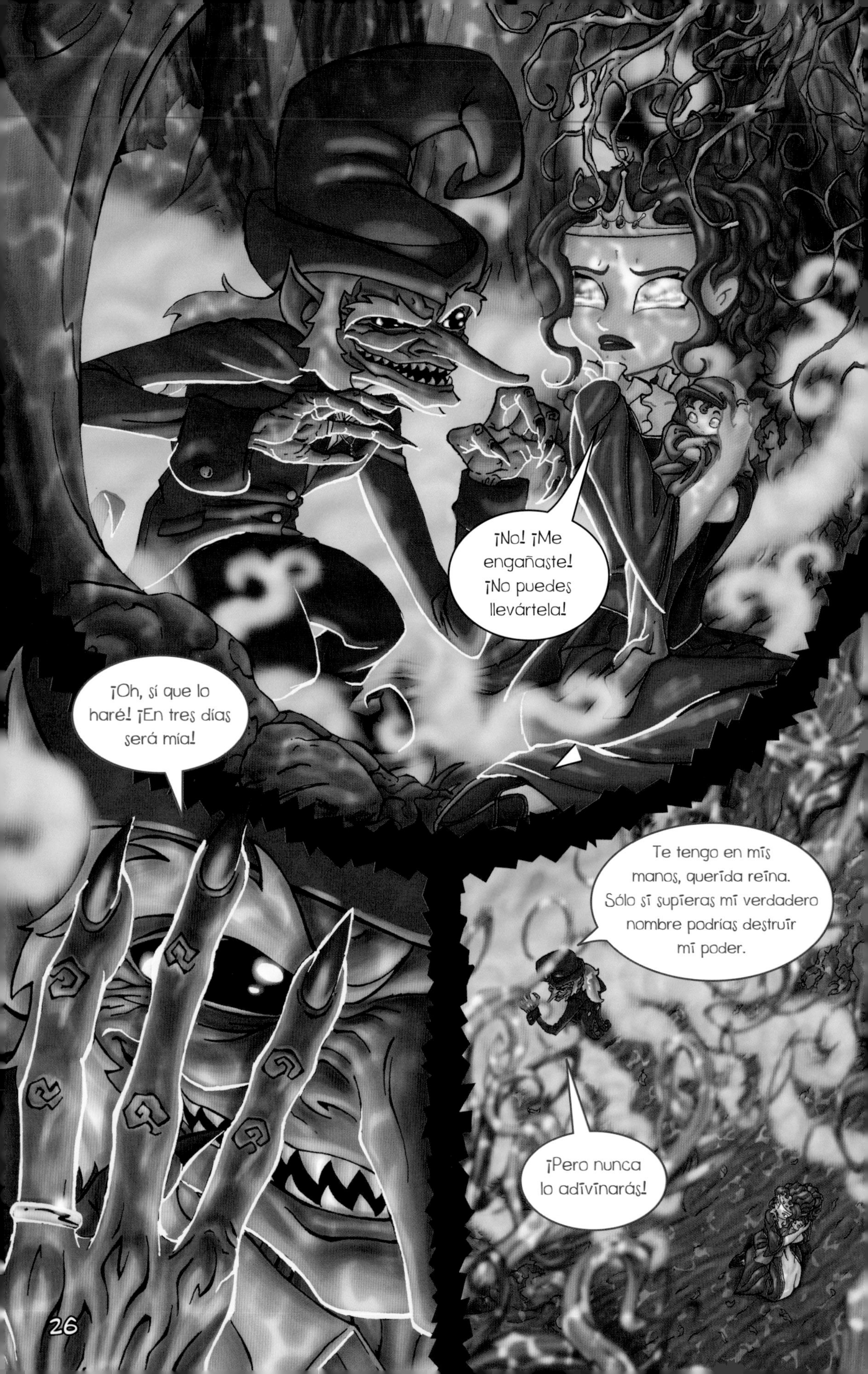
¡No! ¡Me engañaste! ¡No puedes llevártela!
¡Oh, sí que lo haré! ¡En tres días será mía!
Te tengo en mis manos, querida reina. Sólo si supieras mi verdadero nombre podrías destruir mi poder.
¡Pero nunca lo adivinarás!

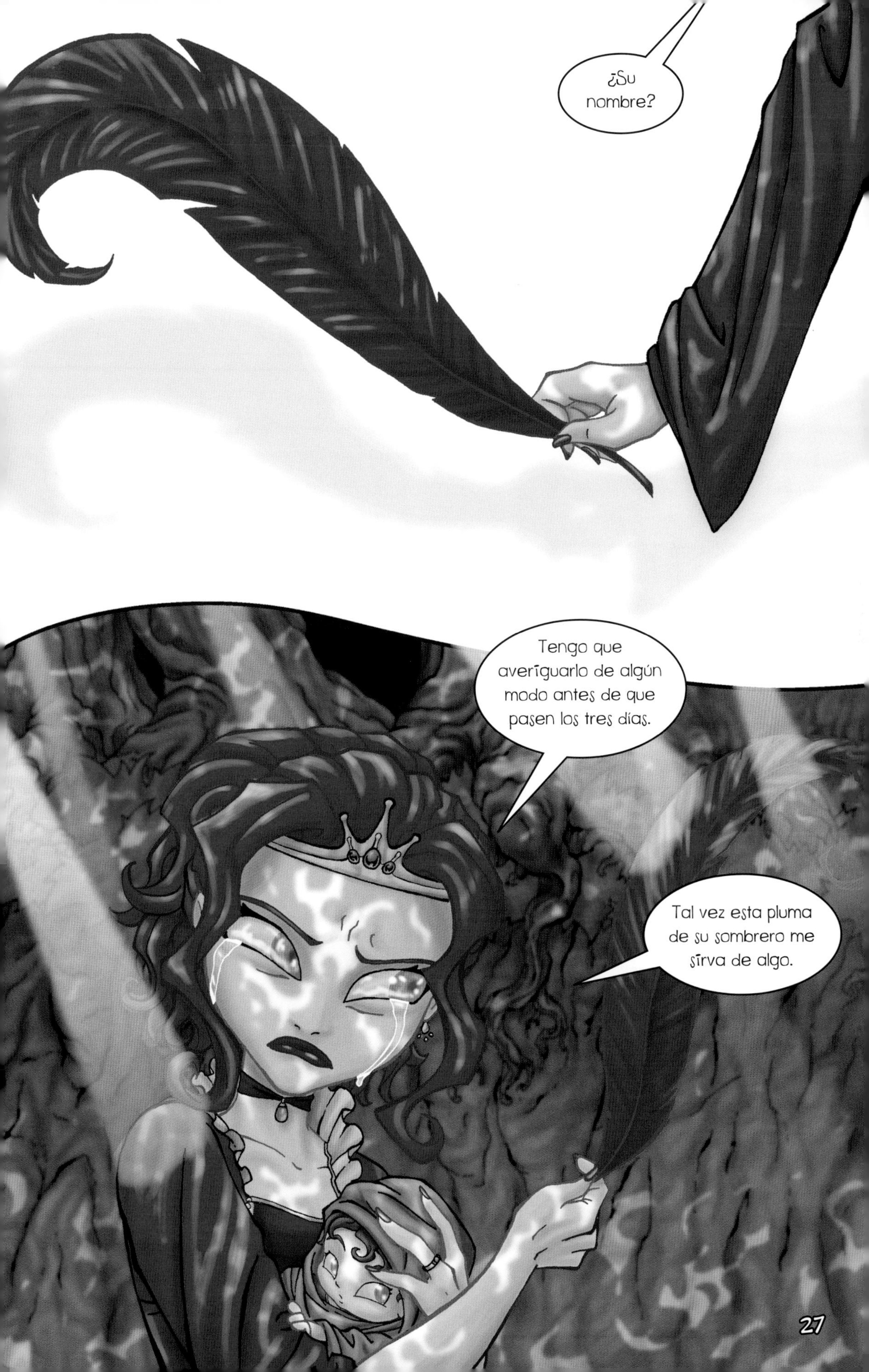
¿Su
nombre?
Tengo que averiguarlo de algún modo antes de que pasen los tres días.
Tal vez esta pluma de su sombrero me sirva de algo.

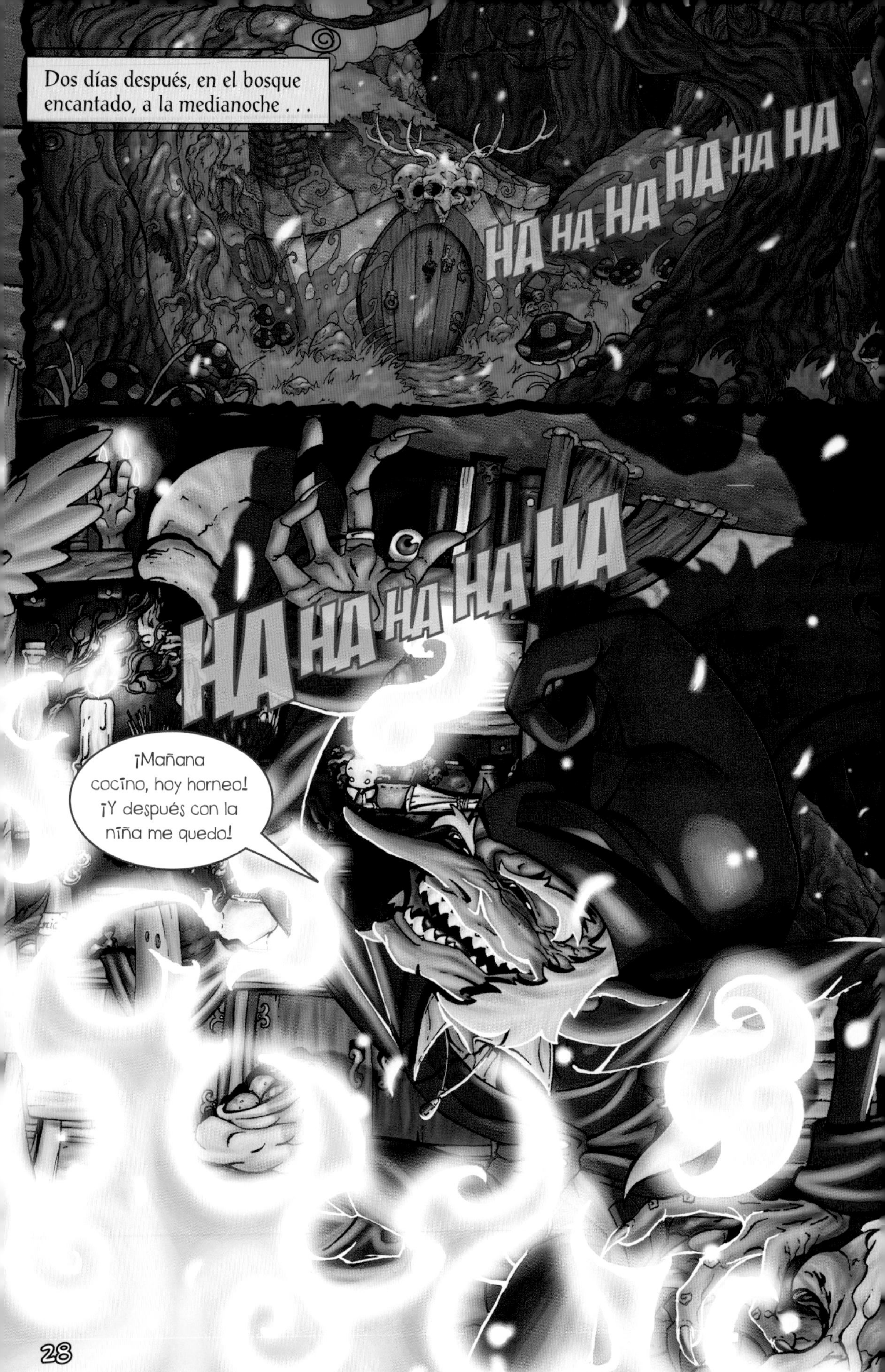
Dos días después, en el bosque encantado, a la medianoche . . .
HA HA HA HA HA HA
HA HA HA HA HA
¡Mañana cocino, hoy horneo! ¡Y después con la niña me quedo!

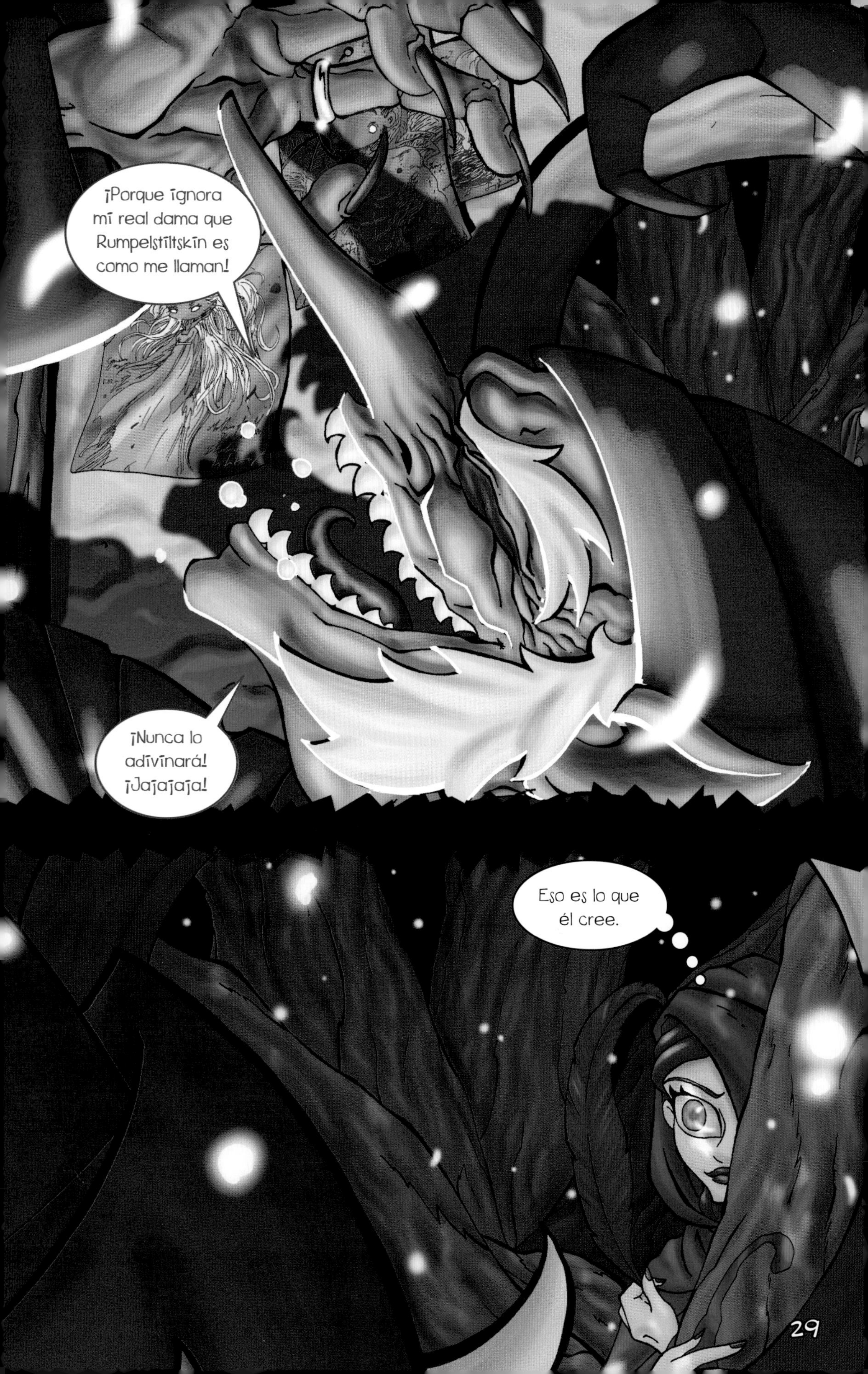
¡Porque ignora mi real dama que Rumpelstiltskin es como me llaman!
¡Nunca lo adivinará! ¡Jajajaja!
Eso es lo que él cree.

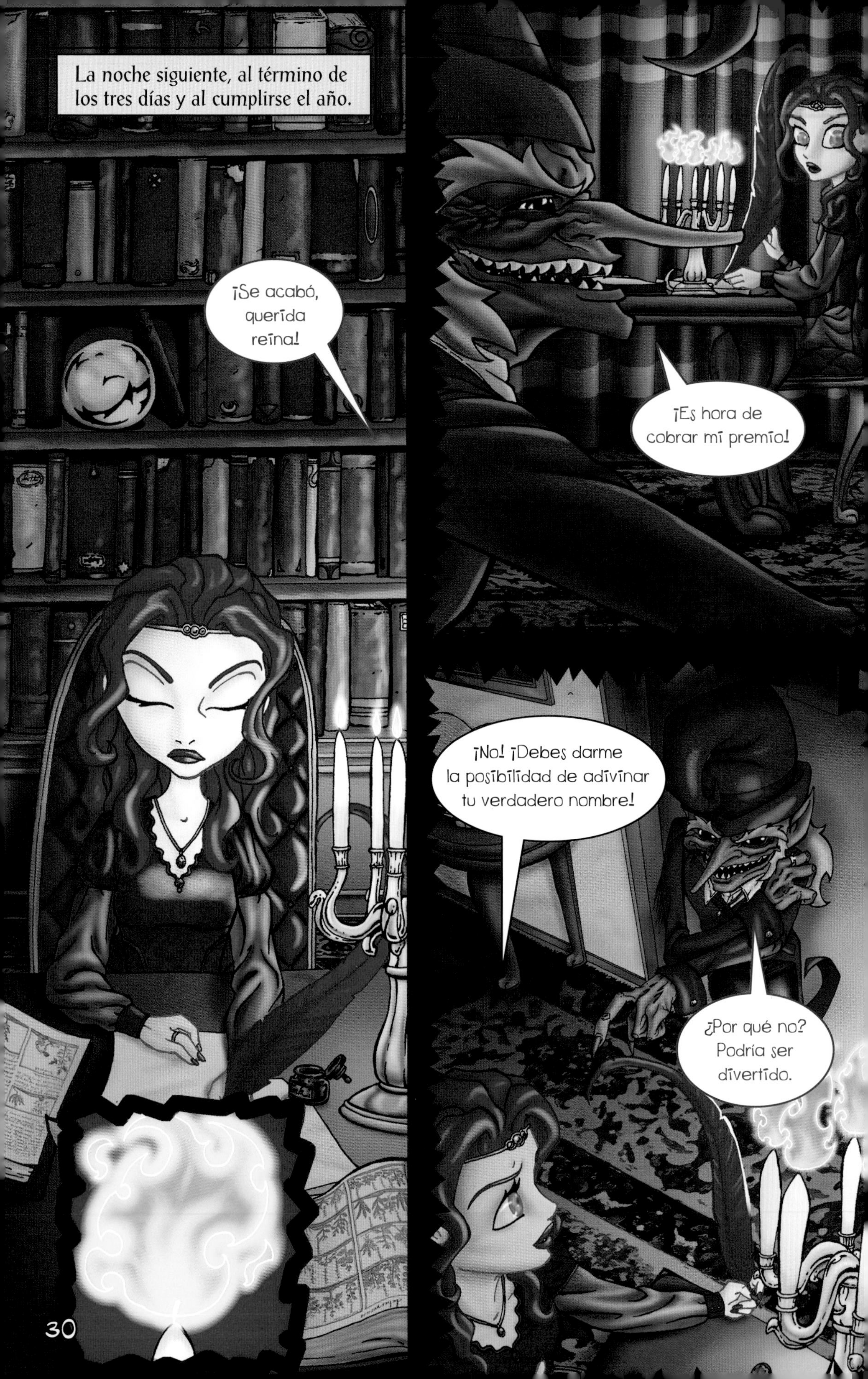
La noche siguiente, al término de los tres días y al cumplirse el año.
¡Se acabó, querida reina!
¡Es hora de cobrar mi premio!
¡No! ¡Debes darme la posibilidad de adivinar tu verdadero nombre!
¿Por qué no? Podría ser divertido.

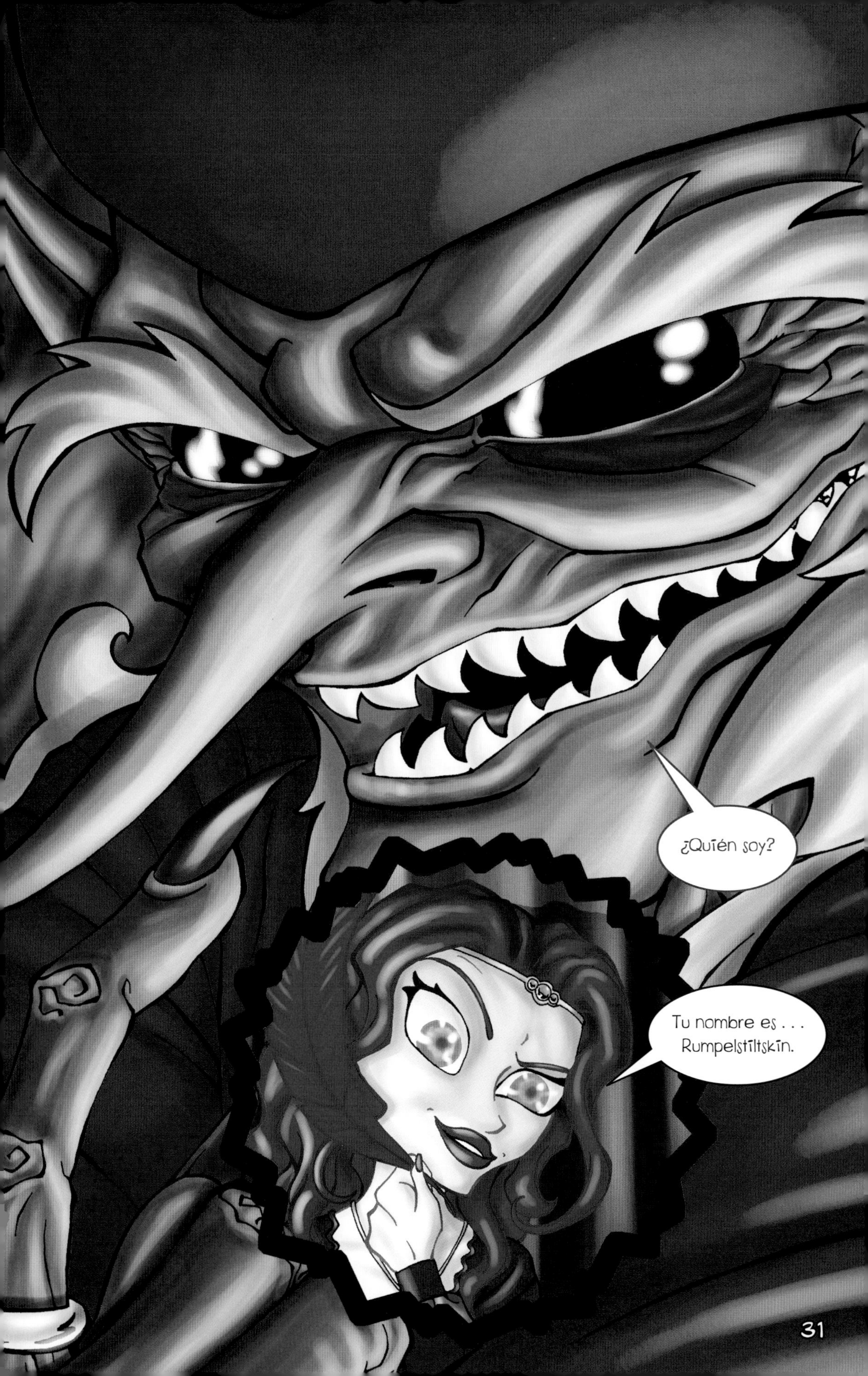
¿Quién soy?
Tu nombre es . . . Rumpelstiltskin.

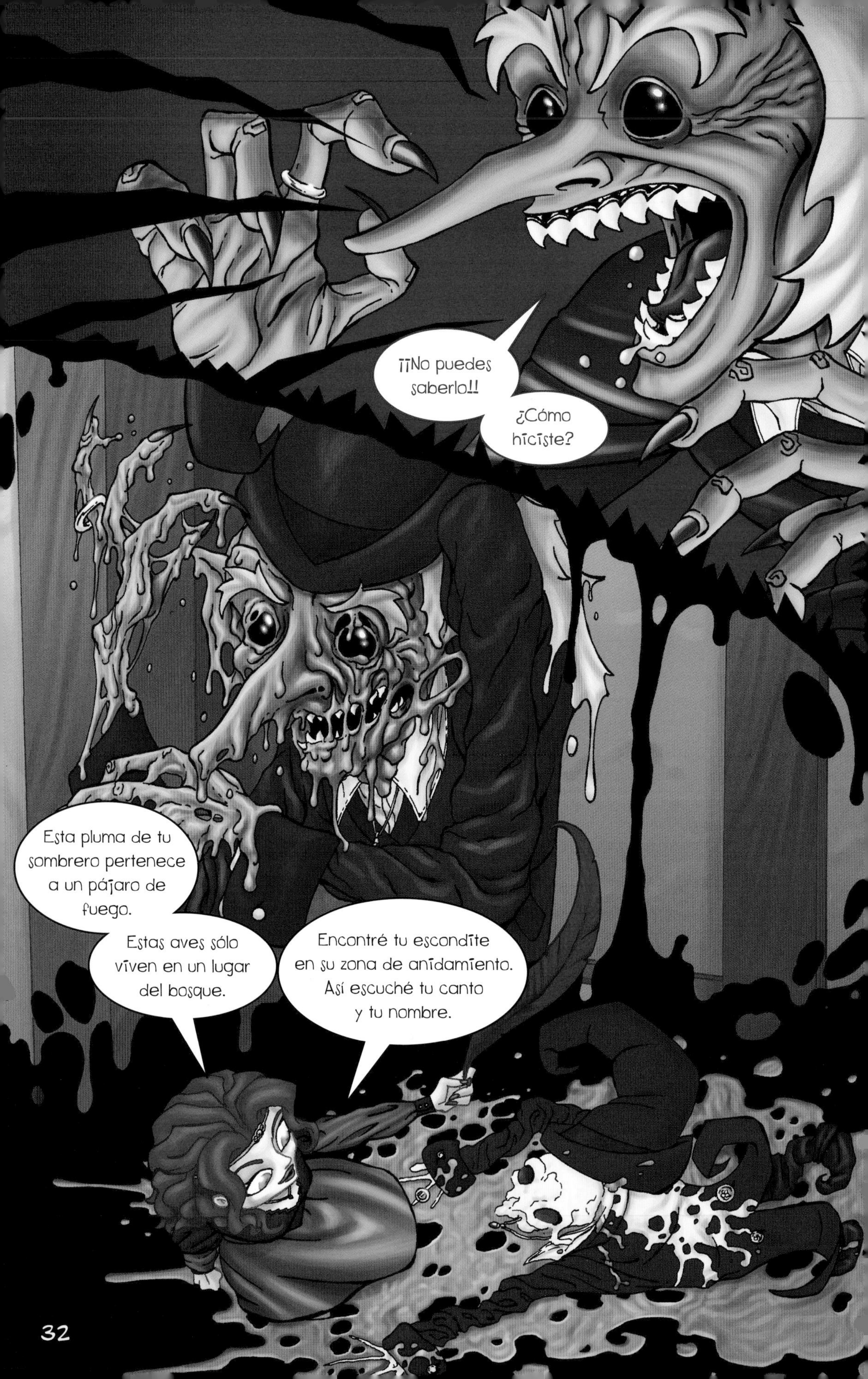
¡¡No puedes saberlo!!
¿Cómo hiciste?
Esta pluma de tu sombrero pertenece a un pájaro de fuego.
Estas aves sólo viven en un lugar del bosque.
Encontré tu escondite en su zona de anidamiento. Así escuché tu canto y tu nombre.

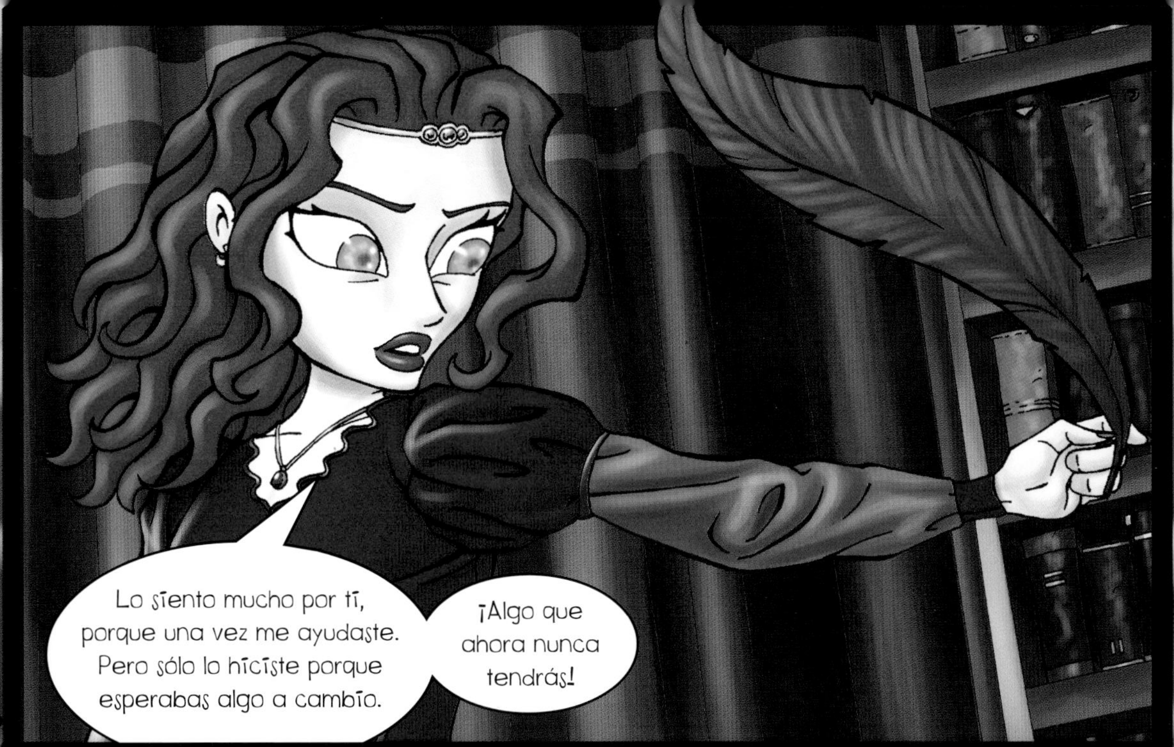
Lo siento mucho por ti, porque una vez me ayudaste. Pero sólo lo hiciste porque esperabas algo a cambio.
¡Algo que ahora nunca tendrás!

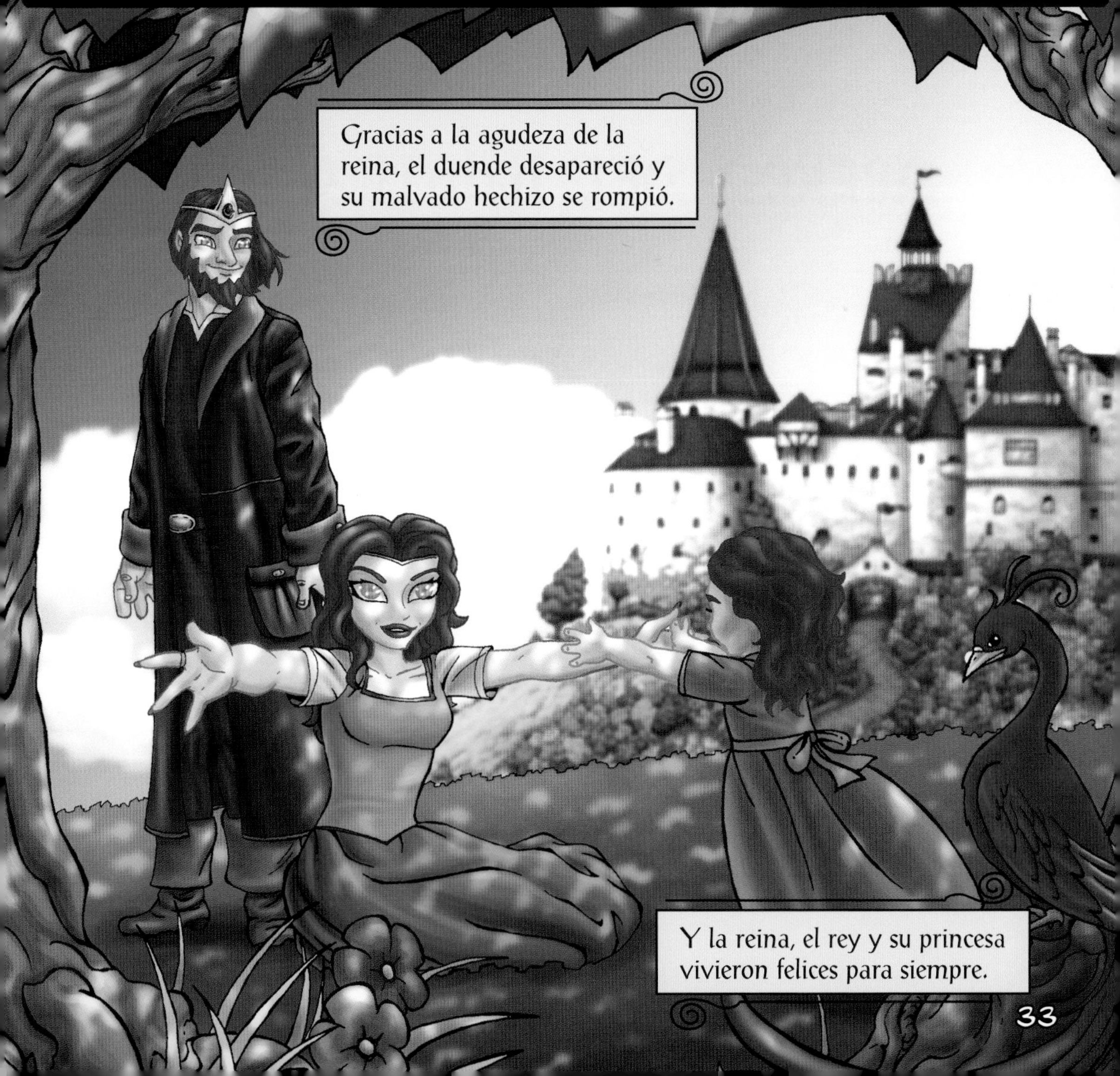
Gracias a la agudeza de la reina, el duende desapareció y su malvado hechizo se rompió.
Y la reina, el rey y su princesa vivieron felices para siempre.

ACERCA DEL AUTOR

Martin Powell es escritor independiente desde 1986. Ha escrito cientos de cuentos, y Disney, Marvel, Tekno Comix y Moonstone Books, entre otros, publicaron muchos de ellos. En 1989, Powell recibió una nominación a los premios Eisner por su novela gráfica *Scarlet in Gaslight.* Este premio es uno de los mayores honores que puede recibir un libro de cómic.

ACERCA DEL ILUSTRADOR

Erik Valdez y Alanis nació y creció en Ciudad de México, México, y dibuja desde los dos años. Utiliza su pasión por el arte para la ilustración, la pintura y el diseño. Valdez lleva ganados una serie de premios por su arte, incluido el premio de oro L. Ron Hubbard al ilustrador del futuro en 2004. Hizo ilustraciones para libros, revistas y cubiertas de CD. En la actualidad, Valdez está centrado en los cómics y muy recientemente hizo *The Sleepy Truth* para Viper Comics. Cuando no está trabajando, a Valdez le encanta viajar, leer muy buenos libros y comer pastel de chocolate.

GLOSARIO

alteza: título que se le da a los miembros de una familia real

ave de fuego: ave mítica

castigar: imponer sufrimiento a alguien por un delito que cometió

dama: modo formal de llamar a una mujer

defraudar: desilusionar a alguien por no hacer lo que esa persona esperaba

deuda: monto de dinero o cosa que se debe

duende: criatura mítica

ganga: algo que se compra por menos dinero del que cuesta

hechizo: palabra o conjunto de palabras que supuestamente poseen poderes mágicos

milagro: suceso maravilloso que no puede explicarse

molinero: persona que posee u opera un molino

observar: mirar algo con gran interés

señor: modo formal de llamar a un hombre

LA HISTORIA DE RUMPELSTILTSKIN

Rumpelstiltskin existe desde hace cientos de años. Como sucede con la mayoría de los cuentos de hadas clásicos, la historia se transmitió de manera oral de una generación a la siguiente. Ya en el siglo XVI todos en Europa conocían al malvado duende y sus poderes mágicos. En 1577 el personaje hizo su primera aparición en un libro alemán llamado *Geschichtenklitterung or Gargantua,* del escritor Johann Fischart.

Los historiadores y académicos no logran ponerse de acuerdo en cuanto al origen del nombre Rumpelstiltskin. Algunos creen que viene del vocablo alemán *Rumpelstilzchen*, que significa "pequeño sacudidor de postes" o criatura que sacude postes. Otros creen que el nombre tiene una relación más cercana con *Rumpelgeist*, un monstruo con apariencia de duende.

Más allá del significado del nombre, la historia de Rumpelstiltskin es la misma. De hecho, en muchos países el duende ni siquiera se llama Rumpelstiltskin. En Irlanda la criatura recibe el nombre de Trit-a-Trot, mientras que en Escocia se lo conoce como Whuppity Stoorie.

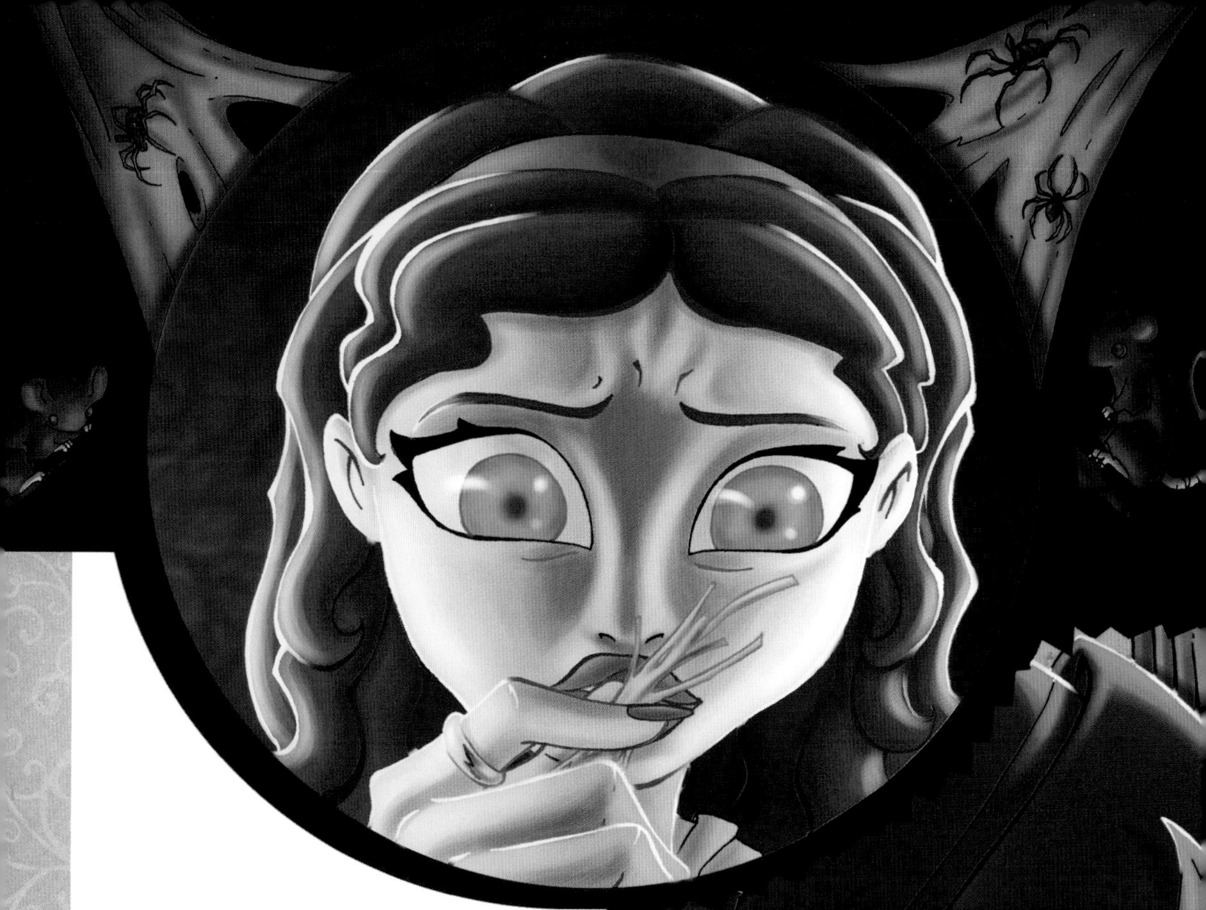

La versión más conocida del cuento de hadas **Rumpelstiltskin** es la de Jacob y Wilhelm Grimm. Los hermanos recorrieron Europa, donde acumularon muchos de los cuentos populares más maravillosos jamás contados, incluidos “Cenicienta”, “Rapunzel” y “Hansel y Gretel”. En 1812 publicaron un libro con una recopilación de cuentos al que llamaron *Children’s and Household Tales* (Cuentos para la infancia y el hogar). En la actualidad, ese libro se conoce como *Cuentos de hadas de Grimm*, y los niños de todo el mundo lo siguen disfrutando.

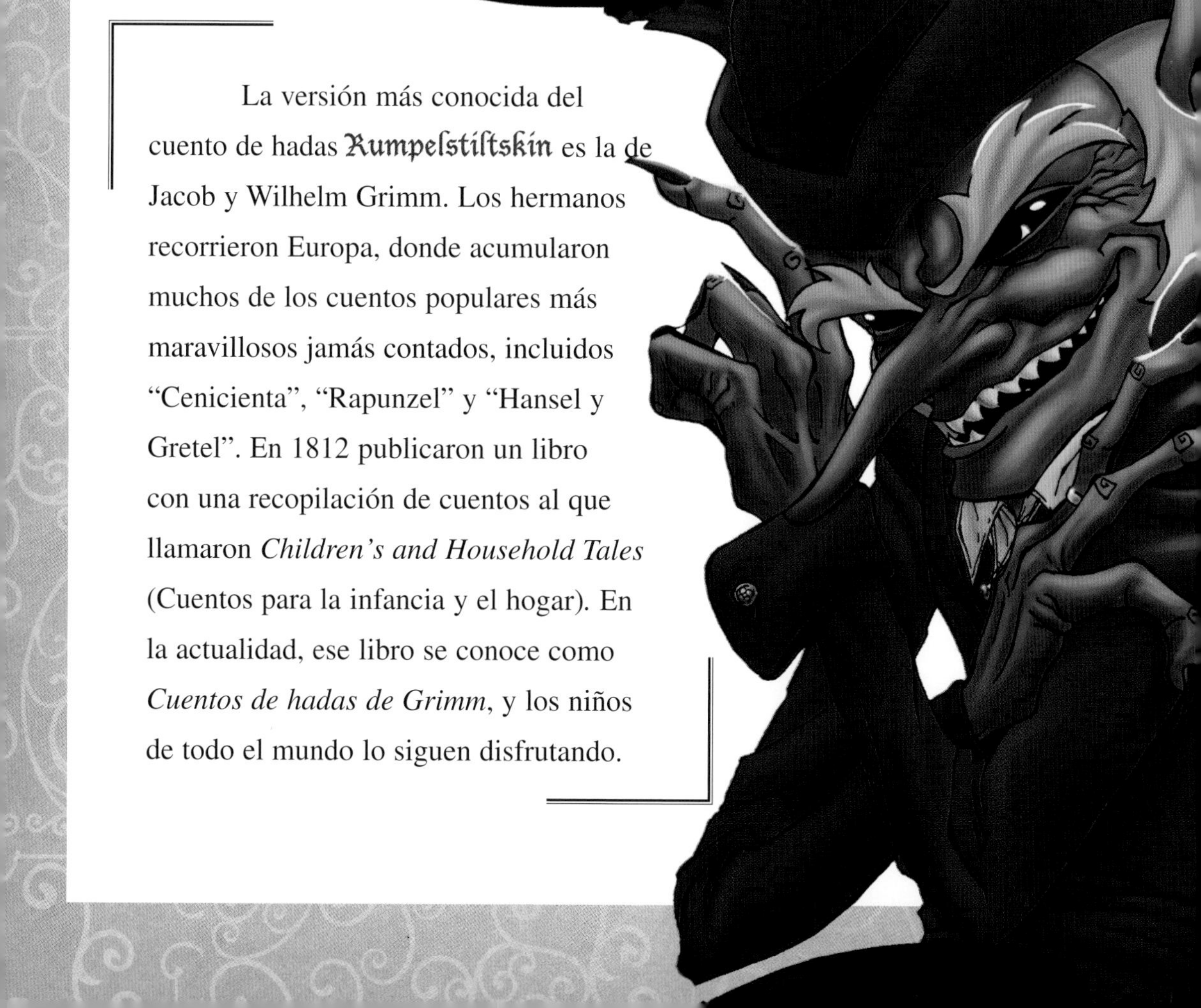

PREGUNTAS PARA DEBATIR

1. ¿Crees que Mirabella hizo bien en aceptar la ayuda de Rumpelstiltskin? ¿Por qué? ¿Qué podría haber hecho en lugar de eso?

2. ¿Crees que el rey Conrad era un rey bueno o malo? ¿Te parece que Mirabella hizo bien en casarse con él? Explica tus respuestas.

3. Con frecuencia los cuentos de hadas se cuentan una y otra vez. ¿Habías escuchado el cuento de Rumpelstiltskin antes? ¿En qué se diferencia esta versión del cuento de las otras versiones que escuchaste, viste o leíste?

CONSIGNAS DE REDACCIÓN

1. Los cuentos de hadas son historias de fantasía que a menudo tratan sobre magos, duendes, gigantes y hadas. La mayoría de los cuentos de hadas tienen finales felices. Escribe tu propio cuento de hadas. Luego, léeselo a un amigo o a alguien de tu familia.

2. Imagina que tienes el poder de convertir paja en oro. ¿Qué harías con todo el dinero que eso te daría? Escribe un cuento corto sobre cómo lo gastarías.

3. Al final de la historia, el autor dice que Mirabella y el rey Conrad vivieron felices para siempre. ¿Qué crees que sucedió después? ¿Regresará Rumpelstiltskin? ¿Mirabella perdonará a su padre? Usa tu imaginación para escribir una segunda parte de esta historia.

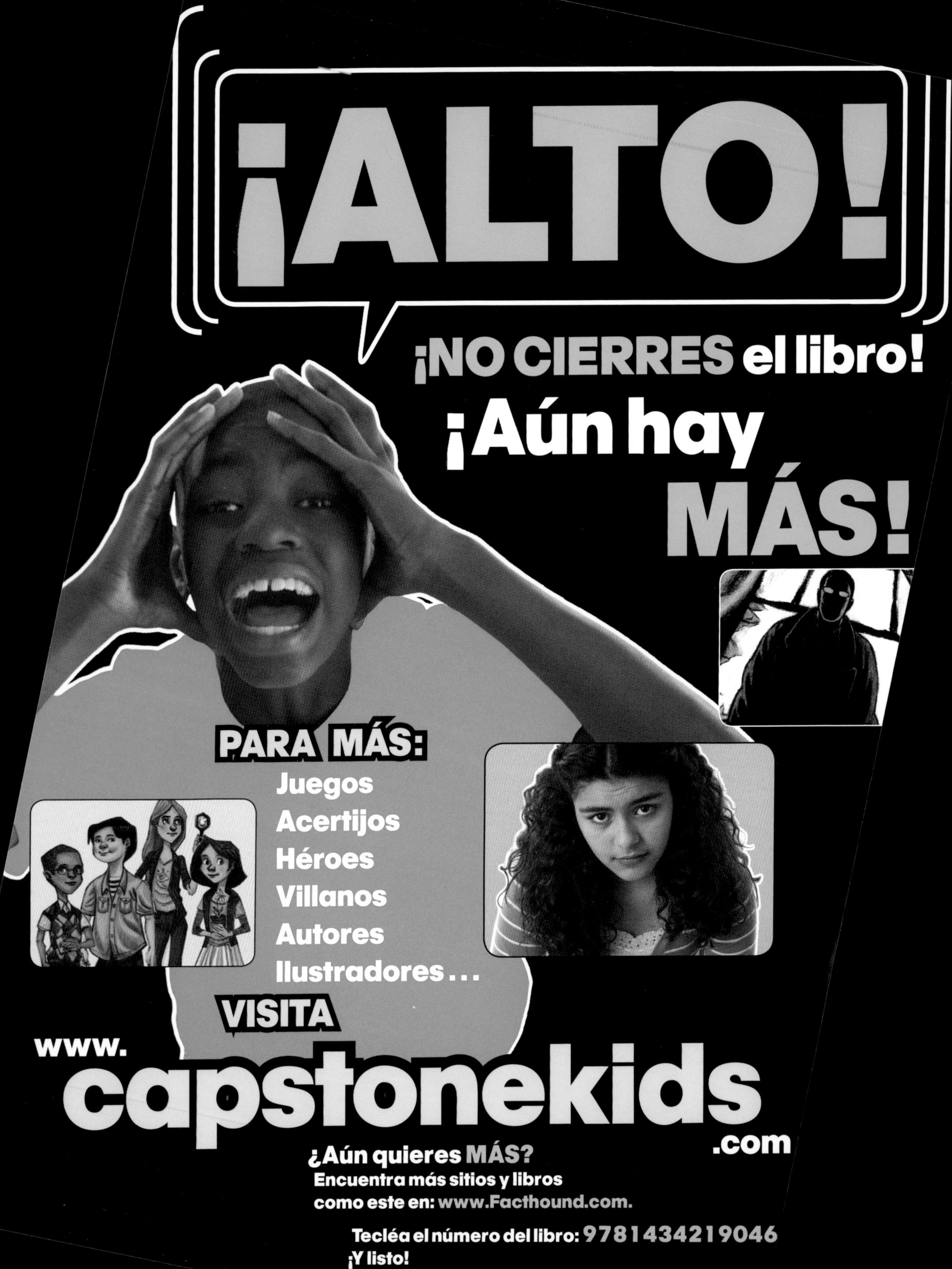
¡ALTO!
¡NO CIERRES el libro!
¡Aún hay MÁS!
PARA MÁS:
Juegos
Acertijos
Héroes
Villanos
Autores
Ilustradores . . .
VISITA
www.capstonekids.com
¿Aún quieres MÁS?
Encuentra más sitios y libros
como este en: www.Facthound.com.
Tecléa el número del libro: 9781434219046
¡Y listo!